केशव रेड्डी

तेलुगू के वरिष्ठ रचनाकार केशव रेड्डी (1946–2015) के उपन्यास 'उसने जंगल को जीता', 'दाग़ी तिकोन', 'सिटी ब्यूटीफुल' आदि चर्चित हैं।

अंग्रेज़ी तथा कई भारतीय भाषाओं में इनकी कृतियों के अनुवाद प्रकाशित हो चुके हैं।

कई पुरस्कारों से सम्मानित हैं।

जे.एल. रेड्डी

जे.एल. रेड्डी का जन्म 1940 में हुआ। कई उपन्यासों तथा कहानियों का तेलुगू से हिन्दी अनुवाद प्रकाशित। केन्द्रीय साहित्य अकादेमी के *अनुवाद पुरस्कार* से सम्मानित।

सम्पर्क : बी–1/93, जनकपुरी, नई दिल्ली–110058

ई-मेल : jlreddy93@yahoo.com

भू-देवता

केशव रेड्डी

अनुवाद
जे.एल. रेड्डी

राजकमल पेपरबैक्स

तेलुगू उपन्यास *मूगवानि पिल्लण ग्रोवि* का अनुवाद।

राजकमल पेपरबैक्स में
पहला संस्करण : 2019

राजकमल पेपरबैक्स : उत्कृष्ट साहित्य के जनसुलभ संस्करण

राजकमल प्रकाशन प्रा. लि.
1-बी, नेताजी सुभाष मार्ग, दरियागंज
नई दिल्ली-110 002
द्वारा प्रकाशित

शाखाएँ : अशोक राजपथ, साइंस कॉलेज के सामने, पटना-800 006
पहली मंजिल, दरबारी बिल्डिंग, महात्मा गांधी मार्ग, इलाहाबाद-211 001
36 ए, शेक्सपियर सरणी, कोलकाता-700 017

वेबसाइट : www.rajkamalprakashan.com
ई-मेल : info@rajkamalprakashan.com

बी.के. ऑफसेट
नवीन शाहदरा, दिल्ली-110 032
द्वारा मुद्रित

मूल्य : ₹99

BHOO-DEVTA
Novel by Keshav Reddi
Translated by J.L. Reddi

ISBN : 978-81-939692-3-6

अनुवादक की ओर से

तेलुगु के लब्धप्रतिष्ठ उपन्यासकारों में डॉ. केशव रेड्डी (1946–2015) अत्यन्त महत्त्वपूर्ण हैं। वृत्ति से चर्मरोग विशेषज्ञ और प्रवृत्ति से साहित्योपासक डॉ. रेड्डी के आठ उपन्यास तथा कतिपय कहानियाँ बहुत चर्चित हैं। 1995 में तथा उसके बाद 'नेशनल बुक ट्रस्ट इंडिया' द्वारा इनके प्रसिद्ध लघु उपन्यास 'उसने जंगल को जीता' के हिन्दी, तमिल, ओड़िया, मराठी आदि भाषाओं तथा कतिपय निजी प्रकाशन संस्थानों द्वारा उनके दो अन्य उपन्यासों के हिन्दी तथा कुछ अन्य भाषाओं के रूपान्तर प्रकाशित होने के बाद ये कई भारतीय भाषाओं के पाठकों के लिए भी अपरिचित नहीं रहे। श्री राजेन्द्र यादव ने वर्ष 1995 के महत्त्वपूर्ण हिन्दी प्रकाशनों में 'उसने जंगल को जीता' को भी शामिल किया था। प्रस्तुत लघु उपन्यास 'भू-देवता' ने भी 2007 में साहित्य अकादमी की द्वैमासिक साहित्यिक पत्रिका 'समकालीन भारतीय साहित्य' में प्रकाशित होने के बाद हिन्दी पाठकों का ध्यान आकृष्ट किया था। ज्ञानपीठ पुरस्कार से सम्मानित श्री अमरकान्त ने सम्पादक के नाम अपने पत्र में ''इस अंक में तेलुगू उपन्यास 'भू-देवता' बहुत अच्छा है,'' कहकर इसकी सराहना की थी। इनके अलावा अनेक पाठकों ने भी इस उपन्यास के प्रति अपनी प्रशंसात्मक टिप्पणियाँ सम्पादक के नाम भेजी थीं और फोन किए थे।

अब यह पुस्तकाकार प्रकाशित होकर हिन्दी के व्यापक पाठक वर्ग के सम्मुख प्रस्तुत हो रहा है।

डॉ. केशव रेड्डी अपने प्रथम उपन्यास 'बानिसलु भगवानुवाच' (1975) से लेकर 'उसने जंगल को जीता', 'दाग़ी तिकोन' (1993)

और 'भू-देवता' (1995) तक अपनी लेखन-क्षमता में लगातार विकास करते रहे हैं। इस विकास-क्रम में इन्होंने समाज में पाई जानेवाली जातिगत विषमता से लेकर जीवन के अनेक अन्तर्विरोधों का प्रभावी अंकन किया है।

सामान्य रूप से जो कथा-रचनाएँ हमें अच्छी लगती हैं, वे हमें आनन्द देती हैं और सन्तुष्टि देती हैं। परन्तु केशव रेड्डी की रचनाएँ हमें झकझोरकर रख देती हैं। जीवन में देखकर भी जिन चीज़ों की हम उपेक्षा करते रहते हैं, उनको इनकी रचनाओं में पढ़कर हमें एक झटका-सा लगता है। इन्हें पढ़कर चेतना का संस्कार-सा होता है। शोषण कितने रूपों में होता है, और वह कितने प्रकार से रूपान्तरित होता रहता है, यह बात केशव रेड्डी के उपन्यास पढ़ने से समझ में आती है।

सामाजिक परिस्थितियों और व्यक्ति का अविराम संघर्ष इनकी सभी रचनाओं में चित्रित हुआ है। क़दम-क़दम पर समाज की तीव्र आलोचना मिलते रहने पर भी इनकी रचनाओं में हमें विजयी क्रान्तिवीरों के दर्शन नहीं होते। वे इस सामाजिक सत्य को व्यक्त करती हैं कि प्रकृति और समाज के साथ मनुष्य का संघर्ष निरन्तर चलता रहता है, चाहे उस संघर्ष में मनुष्य को हमेशा सफलता न मिलती हो।

केशव रेड्डी का कहना है, "तुम्हारे चारों तरफ़ जो दुष्ट शक्तियाँ हैं, उनके साथ तुम जो अनवरत संघर्ष करते रहते हो, वह संघर्ष ही जीवन है। मनुष्य के जीवन में यह आवश्यक ही नहीं, अनिवार्य भी है। परन्तु दुर्भाग्य की बात है कि यह संघर्ष धर्मबद्ध रीति से होता नहीं दिखता।" डॉ. रेड्डी ने जीवन के इसी संघर्ष को, इसी जीवन-समर को अपनी रचनाओं का विषय बनाया है।

जिस जीवन के बारे में लिख रहे हैं, उसकी सुन्दरता-कुरूपता, उच्चता-नीचता सहित उसके अनेकानेक रूपों की सही-सही जानकारी रखना, उस जानकारी की सम्यक् अभिव्यक्ति के लिए अपेक्षित भाषिक सामर्थ्य, कल्पनाशीलता तथा शिल्प-विन्यास आदि से भी लैस रहना और इन शक्तियों को समाज के निम्नतम वर्ग के पक्ष में उपयोग करना, ये सभी गुण डॉ. केशव रेड्डी में भरपूर हैं। इनका विश्वास है कि

आर्थिक विषमता ही समाज की समस्त व्याधियों का मूल है और इन व्याधियों से मुक्ति वर्ग-संघर्ष द्वारा ही सम्भव है। बड़ी-बड़ी घटनाओं के आधार पर नहीं, छोटी-छोटी घटनाओं के आधार पर ही जीवन के महत्तर सत्य और जीवनानुभव का सार पाठक तक पहुँचाने में ये सफल हुए हैं।

डॉ. केशव रेड्डी यह मानते हुए भी कि सामाजिक परिवर्तन साहित्य के द्वारा नहीं, भौतिक परिस्थितियों में परिवर्तन द्वारा ही सम्भव होता है, इस दिशा में साहित्य की भूमिका को पूरी तरह नकारते नहीं हैं। पाठकों में विचार-परिवर्तन और उनकी संवेदनाओं में परिष्कार लाने में कलाओं में साहित्य की भूमिका सर्वोपरि है। केशव रेड्डी का दृढ़ विश्वास है कि साहित्य के अभाव में समाज की जड़ता नहीं टूटेगी। इसी विश्वास से ये पिछले 30-35 वर्षों से ताड़ित-पीड़ित जन की जीवन-स्थितियों के प्रति समानुभूति रखते हुए भारतीय ग्रामीण जीवन की विषमताओं का चित्रण करते आ रहे हैं।

एक अच्छा रचनाकार प्रधानतया समाजशास्त्री और भविष्यद्रष्टा के रूप में भी अपना दायित्व निभाता है। यह दायित्वबोध डॉ. रेड्डी में ख़ूब है।

वे कहते हैं, ''मेरे परिचित संसार में ग़रीबी और भुखमरी है। मैं कोई भी उपन्यास लिखूँ, उसी प्रकार के जीवन को अपना विषय बनाता हूँ। मैं दीन-दलित लोगों के साथ अपना तादात्म्य स्थापित कर लेता हूँ। इसलिए उन्हीं के बारे में लिखता हूँ। आँख खोलते ही भूख और दरिद्रता ही जहाँ दिखाई पड़ती हो, तब उसे छोड़कर और किस विषय पर लिखूँ? मैं जन्म से दलितेतर हूँ; परन्तु अपनी आर्थिक स्थिति की दृष्टि से मैं दलित ही हूँ। दलित साहित्य को किसी एक जाति या धर्म तक सीमित कर देना उचित नहीं है। यदि हम यह मानें कि उत्पीड़न का शिकार होनेवाले सभी लोग दलित हैं, तो यह प्रतिपादन अधिक समीचीन होगा। यह सम्भव है कि स्वानुभूति में जो तीव्रता होती है, वह समानुभूति में न हो। किन्तु दलितेतर लेखक भी दलितों के जीवन को भलीभाँति समझकर लिख सकते हैं। दलितों की समस्या की मुझे अच्छी समझ है। जन्मतः

जो दलित हैं, उनसे अधिक आर्द्र दृष्टि और चिन्ता के साथ उनके बारे में मैंने लिखा है।''

तेलुगू साहित्य में एक वाद के रूप में दलितवाद के स्थापित होने से पहले से ही केशव रेड्डी अपनी कथा-रचनाओं में दलितों की समस्याओं का मार्मिक चित्रण करते रहे हैं।

प्रस्तुत उपन्यास 'भू-देवता' एक किसान की मृत्यु और उसके पुनरुत्थान की गाथा है। उस किसान के प्रयत्न से लेकर उसकी विफलता तक की, असुरक्षा से उन्माद तक की और उन्माद से मृत्यु तक की यात्रा का यहाँ अंकन है। कथा में अन्ततः प्राणत्याग करने की विधि के द्वारा वह कर्मवीर बनता है, अमर बनता है और अन्ततः एक पुराण-पुरुष बनता है। उसके गाँव में प्रचलित एक स्थलपुराण का नायक बनता है।

1993 में रचे जाने पर भी प्रस्तुत उपन्यास 'भू-देवता' का कथाकाल 1950 है। यह बात लेखक ने स्वयं कही है। स्वतंत्रता प्राप्त करने के बाद जिस समय भारत नए सिरे से अपना स्वरूप गढ़ रहा था, उस समय की ये घटनाएँ हैं। यह वह समय था जब शासक तो बदले थे पर शासनविधि में कोई बड़ा परिवर्तन नहीं आया था। लगभग 70 वर्ष पहले जिस प्रान्त में रोज़ ही अकाल तांडव करता रहता था, उस प्रान्त की दुःस्थिति का चित्रण केशव रेड्डी ने यहाँ बक्कि रेड्डी के माध्यम से किया है।

देश की रीढ़ की हड्डी है किसान और किसान की रीढ़ की हड्डी है उसकी ज़मीन। ज़मीन और किसान का सम्बन्ध वही होता है जो मनुष्य और उसके प्राण का होता है। यह कहने में कोई अतिशयोक्ति नहीं है कि भूमिरहित किसान का जीवन कटी पतंग के समान होता है। फसल हाथ में आने तक प्राकृतिक शक्तियों से निरन्तर संघर्षरत किसान को हिम्मत देनेवाली तो उसकी ज़मीन ही है। जिस देश में भूमि की माँ के रूप में उपासना करने की परम्परा है, उस भारत में यह सम्बन्ध और अधिक दृढ़ और पवित्र रूप में स्थापित है। ऐसी भूमि को किसान से अलग करने पर हानि केवल किसान की ही नहीं होती, कृषि पर निर्भर बढ़ई, लोहार, राज-मज़दूर जैसे अनेक पेशों के लोगों की भी हानि होती है। यह समस्या

भी केशव रेड्डी के इस उपन्यास में उभरकर आती है। राज्य खो गया, इस व्यथा से कोळंद रेड्डी और भूमि हाथ से छूट गई, इस व्यथा से बक्कि रेड्डी दोनों ही अन्ततः अपने प्राणत्याग करते हैं। एक राजा के लिए उसका राज्य जितना महत्त्वपूर्ण है, एक किसान के लिए उसकी ज़मीन उससे कम महत्त्वपूर्ण नहीं होती। भूमि खोने के बाद कथानायक बक्कि रेड्डी सोचता है 'अब तो मुझे किसी से कोई काम नहीं है। अब मैं किसी को अपना मुँह नहीं दिखा सकता। मेरा इस दुनिया से कोई नाता-रिश्ता नहीं है। कोठे पर जीनेवाले चमगादड़ की तरह, पेड़ के कोटर में रहनेवाले उल्लू की तरह अब मुझे अँधियारे की ही ज़िन्दगी बितानी होगी। गाँव में मुझे एक अशुभ शकुन की तरह बचा रहना होगा। शुभ काम के लिए निकले हुए लोगों के सामने मैं पड़ जाऊँ तो लोग अपनी यात्रा का विचार छोड़ देंगे...'

'भू-देवता' के आत्मकथात्मक होने के कारण भी इसमें मार्मिकता आई है। इस सम्बन्ध में केशव रेड्डी ने कहा है, ''भूमि को खोने की व्यथा में विक्षिप्त होकर प्राणत्याग करनेवाले एक किसान की जैसी बातें 'भू-देवता' में वर्णित हुई है, उसी तरह की बातें हमारे परिवार में भी घटित हुई हैं। हमारे पास कुछ ज़मीन थी। कुछ पारिवारिक कारणों से उसमें से कुछ ज़मीन बेचनी पड़ी। सारी ज़मीन भी नहीं। मेरे पिताजी को वह सहन नहीं हुआ। ज़मीन बिक गई है, यह जानकर भी वे 'ज़मीन... ज़मीन' की रट लगाते हुए उस ज़मीन के चारों ओर घूमा करते थे। धीरे-धीरे वे विक्षिप्त-से हो गए, उसके एक वर्ष के अन्दर उनकी मृत्यु ही हो गई। इस घटना ने मुझ पर एक अमिट छाप छोड़ी है।''

अब अनुवाद की बात : स्रोतभाषा से लक्ष्यभाषा में रचना की समतुल्य अभिव्यक्ति एक कष्टसाध्य कर्म है। इस कष्टसाध्यता के कारण ही कुछ विद्वानों ने अनुवाद को निष्फल प्रयास कहा है, तो कुछ दूसरे विद्वानों ने अनिवार्य पाप कहा है। अनुवाद को एक निष्फल प्रयास या पाप न भी मानें, तब भी वह पूर्णतः सन्तोष देनेवाला काम तो नहीं है। यह ख़तरा तब और बढ़ जाता है जब लक्ष्यभाषा अनुवादक की अपनी

भाषा न हो। मेरे लिए अत्यन्त प्रसन्नता की बात है कि इस उपन्यास के अनुवाद कार्य में मेरे मित्र श्री सुरेश द्विवेदी सदा की तरह सोत्साह मेरे साथ जुड़े रहे हैं। उनके प्रति आभार व्यक्त करना औपचारिकता होगी, जो मुझे प्रिय नहीं है।

—जे.एल. रेड्डी

भू-देवता

हमारे गाँव का नाम ओंटिल्लु* है। कहने को तो ओंटिल्लु है लेकिन उसमें मकान क़रीब पाँच सौ होंगे! चित्तूरु-कडपा के हाइवे पर चौंतीसवें किलोमीटर के पास सड़क के पूरब में बसा है यह गाँव। पूरब में एक पर्वत शृंखला है। इसलिए उस दिशा से गाँव में प्रवेश नहीं किया जा सकता। बाक़ी तीन दिशाओं से गाँव में प्रवेश करने के लिए तीन रास्ते हैं। अगर आप दक्षिण से प्रवेश करते हैं तो आपको एक अजूबा दिखाई पड़ेगा। गाँव के शुरू में सड़क किनारे एक विशाल गोल पत्थर आपको दिखेगा। लगभग बीस फ़ुट ऊँचा यह पत्थर मुर्ग़ी के खड़े अंडे की शक्ल में है। पत्थर पर लाल और सफ़ेद रेखाओं से बना बड़ा-सा वैष्णव पुंड्रक चमकता दिखाई देता है। सवेरे का वक़्त हो तो उस पत्थर की पूजा करता हुआ कोई पुजारी आपको दिखाई पड़ सकता है। देखकर आपको आश्चर्य होगा कि इस पत्थर की पूजा कैसे हो रही है? पुजारी से या वहाँ जुटे भक्तों में से किसी से पूछेंगे तो वे लोग इस तरह बयान करेंगे :

"रामायण काल में राम और रावण के बीच हुए युद्ध में लछमन जी बेहोश हो गए थे। उस बखत हनुमान जी संजीवन पहाड़ उठा लाए थे। संजीवन पहाड़ का मतलब कोई छोटा-मोटा पहाड़ तो है नहीं। इधर से चार जोजन और उधर से चार जोजन लम्बा-चौड़ा। उसके ऊपर रीछ, शेर, चीते, सिंह घूमते रहते हैं। ऐसे पहाड़ को कन्धे पर उठाकर हनुमानजी आकाश में आनन-फानन उड़े चले आ रहे थे। उड़ते-उड़ते उन परभु को बोझ महसूस हुआ। महसूस हुआ, तो पैर के अँगूठे की टेक देकर यहाँ इस

* एक मकान।

पत्थर पर उन्होंने घड़ी भर दम लिया था। परभु ने पैर टिकाया था इस पर, सो यह पत्थर देव-स्थान बन गया। लछमन जी के ही नहीं, राम जी के भी कई बार परान बचाए थे हनुमान जी ने। राम जी न हों, तब भी रामायण है, मगर हनुमान जी न हों, तो फिर रामायण रहेगी कहाँ? इतनी सारी धरती के रहते परभु ने यहीं पैर टिकाया तो उसे इस गाँव का किया पुन्न ही मानना पड़ेगा न! वह परभु यहाँ बिराजे रहते हैं और अपनी पूँछ से घेरकर हम सबकी ऐसी रच्छा करते रहते हैं, जिससे हमारे पैर का नाख़ून भी टेढ़ा न हो।''

2

अगर आप गाँव में उत्तर दिशा से प्रवेश करते हैं तो आपको एक दूसरा अजूबा मिलेगा। तालाब के कगार पर आपको एक मन्दिर दिखेगा। मन्दिर बहुत छोटा है। पास जाकर खड़े हो जाएँगे तो आपकी कमर तक भी नहीं पहुँचेगा वह। ध्वजस्तम्भ, गोपुर-जैसी चीज़ें भी नहीं हैं उसमें। पत्थरों और शिलापट्टों से वह बना है। मन्दिर के भीतर पत्थर की एक स्त्रीमूर्ति है जिस पर हल्दी और कुंकुम पुता रहता है। देखकर आपको अचरज होगा कि तालाब के कगार पर यह मन्दिर क्यों बना है? तालाब में मछली पकड़ने वाले आदमी से या कगार के नीचे कुकुरमुत्ते खोदते आदमी से आप पूछें, तो वे इस तरह शुरू हो जाएँगे :

''यह सिन्नम्मा का देवरा है। दो पीढ़ियों पहले इस इलाक़े का एक नायक होता था। उस नायक की आख़िरी लड़की थी सिन्नम्मा। यह तालाब उसी नायक का खुदवाया हुआ है। जाने किस बुरी साइत में खुदवाया गया था कि तालाब भरकर परिवाह तक पानी पहुँचते ही कगार में दरार पड़ गई। तालाब में पानी की एक बूँद भी नहीं बची। नायक ने राज-मिस्त्रियों को लगाकर कगार को फिर से बनवाया। लेकिन दरार फिर पड़ गई। इधर कगार बनवाना और उधर उसका टूटना, इस तरह कई

बार हुआ। तालाब के नीचे खेतों को पानी मिल ही नहीं रहा था। किस वजह से कगार में दरार पड़ रही है, यह न राज-मिस्त्रियों को सूझा न ही नायक को।

" एक शुक्रवार को देवी गंगम्मा की पूजा करके नायक ने प्रश्न किया, 'माँ, मेरे खुदवाए तालाब का कगार क्यों इस तरह बार-बार टूट रहा है? मेरा क्या क़सूर है? कौन-सा पाप किया है मैंने?'

" पुजारी पर आकर गंगम्मा बोली, 'बालक! तेरा क्या दोष है, तुझसे क्या पाप हुआ है! यह सब बताने मैं यहाँ नहीं आई हूँ। कगार को टिकाना हो तो उसके लिए तुझे जो करना है, वह बताती हूँ। सुन! एक कुँआरी लड़की को ले आ और जीते जी उसे उस दरार में बिठाकर मिट्टी डलवा दे। कगार टिकेगा।' सुनते ही नायक सकते में आ गया। किसी बूढ़ी को चिनवाने की बात होती तो बात अलग थी। एक कुँआरी लड़की को, जीते-जी दरार में दफ़न कर देना, कितना बड़ा पाप है! वह इस इलाक़े का नायक था। कहता कि फलाने की बेटी को लाकर दरार में डाल दो, तो लोग डाल देते। क़तई देर नहीं लगती। मगर उस पाप का प्रायश्चित्त कैसे होगा? उधर देखो तो खेत सूख जाने से लोग हाय-हाय कर रहे थे।

" कुछ भी नहीं सूझा तो नायक मुँह ढाँपकर बिस्तर पर पड़ गया। पड़ा तो पड़ा ही रहा। मानो हज़ार-हज़ार आदमियों का बुख़ार उस अकेले पर चढ़ आया हो। तीव्र मानसिक वेदना ने उसे जकड़ लिया।

" तभी उसकी सबसे छोटी, शादी के लायक़ बेटी सिन्नम्मा— पिता के पास आकर बोली, 'पिता, आप क्यों इतनी चिन्ता करते हैं? राज्य में सूखे की वजह से लोग जब इस तरह हाहाकार कर रहे हों, तब नायक का इस तरह मुँह ढाँपकर लेटे रहना कहाँ तक ठीक है? आप इस जनता के रक्षक हैं। हैं न? गंगम्मा ने जैसा कहा है, वैसा कर दीजिए। मुझे ले जाकर दरार में डलवा दीजिए। मेरी बात टालिए नहीं। दरार में बैठने का मैंने मन बना लिया है। उसके लिए जो प्रबन्ध करना है, वह आप करवा दीजिए।'

" नायक के दुख की सीमा न रही। वर के पैर धोकर जिस बेटी का कन्यादान करना था, उसे जीते-जी दफ़नाने के लिए कोई भी पिता कैसे तैयार हो सकता है? लेकिन जिस तरह गंगम्मा की बात टल नहीं सकती थी, उसी तरह सिन्नम्मा की बात भी टल नहीं सकती थी। उसने ज़िद पकड़ ली थी। पिता रोए-धोए। लेकिन चारा क्या था? फिर सब कुछ हो गया। ब्राह्मण ने साइत निकाली। सिन्नम्मा ने अभ्यंग स्नान किया। रेशमी साड़ी पहनी। रेशमी चोली पहनी। पूरे बदन पर गहने पहने। दुलहिन की तरह वह निकली। हाथी पर हौदा कसवाया गया। उस पर बैठकर वह निकली। आगे नाई लोग नाद स्वर और ढोल बजाते हुए चले। सुहागिनें परातों में हल्दी और कुमकुम लेकर साथ चलीं। सिन्नम्मा इस तरह चली जा रही थी तो लोग आँखों से धारासार आँसू बहा रहे थे। सिन्नम्मा सीधे गई और तालाब के कगार के पास उतरी। फिर दरार में बैठकर उसने राज-मिस्त्रियों से मिट्टी भरने को कहा। वह पालथी मारकर, आँखें मूँदे हाथ जोड़कर बैठ गई। राज-मिस्त्रियों ने फावड़ों से मिट्टी ढहा दी। तभी लोगों को सिन्नम्मा के आख़िरी दर्शन हुए थे। फिर वह नहीं दिखी। वह दिन और आज का दिन, कगार में एक बार भी दरार नहीं पड़ी। जिस जगह सिन्नम्मा बैठ गई थी, उसी जगह यह देवरा बनवाया गया था। हर शुक्रवार को यहाँ पूजा होती है। साल में एक बार मेला भी लगता है। "

3

अगर आप पश्चिम की ओर से गाँव में प्रवेश करते हैं, तो आपको एक और अचम्भा दिखाई देगा। गाँव से आधा किलोमीटर दूर सड़क किनारे एक छोटा-सा जंगल मिलेगा। जंगल में बरगद, पीपल, कीकर आदि के ख़ूब मोटे तनों और शाखा-प्रशाखाओं वाले पेड़ दिखाई पड़ेंगे। तरह-तरह की लताएँ आपस में गुँथी होंगी। घने पेड़ों के उस

विशाल समूह को जो पहली बार देखता है, सिहर उठता है। आपको यह सोचकर आश्चर्य हो सकता है कि पाँच सौ मकानों वाले इस गाँव के इतने नज़दीक एक घना जंगल कहाँ से आ गया? सड़क किनारे ढोर चराते या गोबर बीनते लड़कों से आप पूछेंगे, तो आपको यह जानकारी मिलेगी :

"तीस-चालीस साल पहले इस गाँव में बक्कि रेड्डी नाम का एक किसान रहता था। इतना भला आदमी था कि सवेरे-सवेरे उसका नाम लेने से लोगों के पाप कट जाएँ। न कभी उसने किसी के हिस्से का कुछ खाया था न किसी को कभी कोई तकलीफ़ पहुँचाई थी। अपनी ज़मीन और अपनी मेहनत के भरोसे वक़्त काट रहा था। अच्छे लोगों पर ही तो मुसीबतें आती हैं! हाथ में लाठी आते-न-आते सनीचर आकर सिर पर बैठ गया। गले तक क़र्ज़ में वह डूब गया। ज़मीन की क़ुर्क़ी की नौबत आ गई। एक दिन सवेरे बाँस भर दिन चढ़े सरकारी जीप गाँव में आ पहुँची...

बाँस भर दिन चढ़े जीप गाँव में आ पहुँची। दो बाँस भर दिन चढ़ने तक सब ख़त्म हो गया। क़ुर्क़ी पूरी हो गई। बक्कि रेड्डी की ज़मीन क़ुर्क़ी में चली गई। उसकी बाबत काग़ज़ तैयार हो गए। ज़मीन के विक्रेता के रूप में बक्कि रेड्डी ने दस्तख़त किए। ख़रीदार के रूप में गाँव के नम्बरदार ने और गवाहों के रूप में पटवारी ने और गाँव के दो और लोगों ने दस्तख़त किए। जिस अधिकारी ने क़ुर्क़ी का काम सम्पन्न किया था, उसने अंग्रेज़ी में हस्ताक्षर किए। अर्दली ने अधिकारी के हस्ताक्षर के नीचे रबड़ की मुहर लगा दी। विक्रेता को दिए जाने वाले काग़ज़ विक्रेता को और ख़रीदार को दिए जाने वाले काग़ज़ ख़रीदार को अफ़सर ने अपने हाथों सौंप दिए। वे काग़ज़ बेलन के आकार में लपेटे हुए थे और उनको घेरकर एक सूती धागा बँधा हुआ था।

अर्दली ने रजिस्टर, फ़ाइलें और दूसरी चीज़ें ले जाकर कचहरी के सामने खड़ी जीप में डाल दीं। अधिकारी और उसके पीछे अर्दली

जाकर जीप में बैठ गए। क़ुर्क़ी वाली पार्टी गली से होकर धीरे-धीरे आगे बढ़ गई।

एक हाथ में काग़ज़ का रोल और दूसरे हाथ में धोती का छोर उठाकर पकड़े हुए नम्बरदार बाहर आ गया। कचहरी के सामने नीम के पेड़ के नीचे खड़े घोड़े पर सवार होकर वह अपनी हवेली की ओर बढ़ गया। पटवारी ने बीड़ी सुलगाई और कश लेते हुए जिस तरफ़ नम्बरदार चला गया था उसी तरफ़ चुपचाप क़दम बढ़ाने लगा। बाक़ी दोनों गवाह नम्बरदार से कुछ बुलवाने की कोशिश में उसके दाएँ-बाएँ चलने लगे। क़ुर्क़ी में हिस्सा लेने या उसे देखने के लिए आए हुए लोग एक-एक करके वहाँ से निकल गए।

सबके निकल जाने के बाद चोबदार ने पगड़ी उतारकर कचहरी की सीढ़ियों पर डाल दी और उस पर बैठकर बीड़ी सुलगा ली। एक के बाद एक उसने दो बीड़ियाँ पी। तीसरी बीड़ी सुलगाकर दो कश लेने के बाद उसने बीच आकाश में पहुँचते सूरज की ओर कुछ क्षण देखा, बीड़ी बुझा दी और टोंटे को कान में खोंसकर खड़ा हो गया। फिर बरामदे में पड़ी कुर्सियों और मेज़ों को उसने अन्दर पहुँचा दिया। ताला हाथ में लेकर दरवाज़ा बन्द करते-करते अन्दर एक मानवाकृति को देखकर वह धीरे-धीरे क़दम बढ़ाता हुआ अन्दर आ गया।

वहाँ काग़ज़ का रोल गोद में लिये, दीवार से टेक लगाकर निश्चल बैठा बक्कि रेड्डी उसे दिखाई पड़ा।

नीम अँधेरे में बक्कि रेड्डी के चेहरे की ओर देखते हुए चोबदार बोला, "यह क्या महाराज, अभी यहीं हो?"

बक्कि रेड्डी ने सिर उठाकर चोबदार के चेहरे की ओर और उसके हाथ के बड़े ताले की ओर देखा। एक हाथ में काग़ज़ का रोल पकड़े और दूसरे हाथ को पहले फ़र्श पर, फिर घुटनों पर टिकाकर वह उठ खड़ा हुआ। उसके घुटनों और कमर से चिट-चिट की आवाज़ निकली। बहुत देर तक बैठे रहने के बाद अचानक उठ पड़ने से उसे चक्कर-सा आ गया। वह झूमकर आगे की ओर गिरने को हुआ। चोबदार ने अपने हाथ

का सहारा देकर उसे सँभाला। दीवार और दरवाज़े की चौखट का सहारा लेता हुआ बक्कि रेड्डी पानी में तैरते आदमी की तरह धीरे-धीरे बरामदे में पहुँच गया। तब तक उसकी आँखों में छाया अँधेरा छँट चुका था।

कचहरी के बाहर सुनसान है। क़ुर्क़ी में हिस्सा लेने या उसे देखने आए हुए लोगों ने जो बीड़ियाँ पी थीं, उनके टोंटे और उन टोंटों के बीच दियासलाई की तीलियाँ गली की रेत में पड़ी दिखाई दे रही थीं।

बरामदे की सीढ़ियाँ उतरकर बक्कि रेड्डी गली में अपने घर की ओर क़दम बढ़ाने लगा। विकृत चाल से वह ऐसे बढ़ा जा रहा है, जैसे उसके टखनों के ऊपर की नसों के टुकड़े-टुकड़े कर दिए गए हों। गली में उसके सामने से गायों का एक झुंड चला आ रहा है। चरवाहा कन्धे से खाने की पोटली लटकाए और हाथ में डंडा पकड़े झुंड के पीछे चला आ रहा है। ढोरों को रास्ता देने के लिए बक्कि रेड्डी गली में एक किनारे खड़ा हो गया। झुंड की एक गाय बीच गली में खड़ी हो गई और गरदन पीछे को घुमाकर 'अम्बाऽऽऽ' कहकर पुकार उठी। चरवाहा उसे डपटकर कहने लगा, 'बीच सड़क में खड़ी होकर क्यों चीख़ रही है री स्साली, दुनिया में तू अकेली ही बछड़ा ब्याई है क्या?' कहकर उसने गाय की पीठ पर एक डंडा जमाया। डंडा जहाँ लगा था, पूँछ से उस जगह को सहलाती हुई गाय फिर एक बार चीख़ पड़ी, 'अम्बाऽऽऽ।' इस पर चरवाहा झल्लाकर बोला, 'तेरे बछड़े को कौन उठाकर ले जाएगा री, पत्तिकोंडा से कोई चोर आकर उठा ले जाएगा क्या? चल आगे। देखती नहीं दिन चढ़ता जा रहा है, चल।' फिर उसने दो बार और डंडा झमकाया। गाय गरदन घुमा, पीठ को पूँछ से सहलाती हुई और दूध उतर आए थन को झुलाती हुई चलने लगी।

गायों के झुंड के निकल जाने के बाद बक्कि रेड्डी अपनी उसी टेढ़ी-मेढ़ी चाल से गली में बढ़ने लगा। उसकी चाल ऐसी थी जैसे टखनों के पास की नसें ही नहीं घुटनों के पास की नसें भी कट गई हों। हल्की-हल्की हवा में उड़ी जा रही पत्तल की तरह वह गली में आगे बढ़ता चला जा रहा था।

बक्कि रेड्डी के घर के अगले हिस्से में ढोरों की मड़ई है। मड़ई बहुत बड़ी नहीं है। वह फूस से छाई हुई है। उसके तीनों तरफ़ मिट्टी की दीवारें हैं। चौथी तरफ़ पूरा खुला है। मड़ई में एक तरफ़ एक जोड़ी बैल हैं। बैल खूँटों के पास पड़े जुगाली कर रहे हैं। चरनी में पुआल अभी बचा हुआ है। मड़ई में हल, जुआ, फावड़ा, कुदाल आदि खेती का सामान रखा है। उनके बीच एक झिंगली खटिया बिछी है।

दीवार से पीठ लगाकर बक्कि रेड्डी खटिया पर बैठा है। काग़ज़ का रोल उसने हाथ में थाम लिया है। काग़ज़ के रोल पर बँधे सूती डोरे के पीछे दाएँ हाथ की तर्जनी घुसाकर उसने खींचा। डोरा पट से टूट गया। तभी उसे अपने पिता की याद आई।

पिता की कमर को करधनी घेरे रहती थी। दाएँ हाथ की अपनी तर्जनी को करधनी के पीछे घुसाकर ज़ोर से मैंने उसे खींचा था। करधनी पट से टूट गई थी। मृत शरीर को छूने का वह मेरा पहला अनुभव था। उनका शरीर ओस में भीगे गोल पत्थर की तरह ठंडा था। शव के चारों ओर जुट आए लोगों को पीछे हटाकर मामाजी मुझे एक-एक करके हिदायतें देने लगे थे।

उन्होंने पटसन का एक रेशा मुझे पकड़ा दिया। पिता के पैरों को एक-दूसरे से सटाकर दोनों अँगूठों को उस रेशे से मैंने एक साथ बाँध दिया। मामाजी ने अठन्नी का एक सिक्का मेरे हाथ में रखा। पिता के खुले मुँह में मैंने वह सिक्का रख दिया। मुँह खुला का खुला ही रह जाने की वजह से उनका चेहरा बहुत दीन और कातर लग रहा था। मुँह बन्द करने के लिए मैंने उनकी ठोढ़ी ऊपर की तरफ़ दबाई। लेकिन आश्चर्य! मृत्यु के बाद शरीर के अंग इतने अकड़ जाते हैं, यह बात मुझे उस दिन तक मालूम नहीं थी। मुँह पूरा बन्द करने के लिए मुझे अपने हाथ की सारी ताक़त लगाकर ठोढ़ी को ऊपर ठेलना पड़ा था। मुँह बन्द होने के बाद थोड़ी देर के लिए ऐसा लगा जैसे पिता का चेहरा कुछ गम्भीर हो गया हो। उनकी निश्चल आँखें एकटक ऊपर को देख रही थीं। उन आँखों में जोत नहीं थी। काली पुतली में किसी चीज़ की छाया दिखाई नहीं पड़ रही थी।

मैंने अपने हाथ की उँगलियों से उनकी पलकों को पुतलियों के ऊपर से नीचे को सरका दिया।

मामा एक टोकरी ले आए और औंधा कर उस पर एक दीया रख दिया। एक दियासलाई घिसकर मैंने वह दीया जलाया। फिर हाथ जोड़कर पिता के पैरों के पास खड़ा हो गया।

तभी कमरे में रोने की आवाज़ें शुरू हो गईं। जो लोग कमरे में थे, वे एक के पीछे एक, एक की देखादेखी दूसरा, एक को ढाढ़स बँधाता हुआ दूसरा रोने लगा। लेकिन मैं रोया नहीं। पिता को ले जाने के लिए अर्थी तैयार होने तक मेरी आँखें सूखी-की-सूखी ही रह गईं।

हरे बाँसों से लोगों ने अर्थी तैयार कर दी। गले से लेकर तलुओं तक शव को सफ़ेद कपड़े में लपेटा गया। कपड़े समेत शव को अर्थी पर लिटाया गया। फिर पुआल को बटकर बनाई गई रस्सियों से शव को अर्थी के साथ कसकर बाँध दिया गया। रस्सियाँ ढीली न पड़ जाएँ, इस विचार से उनके सिरों में लोगों ने पूरी ताक़त लगाकर गाँठें लगाईं। शव की गरदन पर, छाती पर, पेट और कमर पर, जाँघों और घुटनों पर और टखनों पर पुआल की रस्सियाँ कस गईं।

तब तक सूखी ही रह गई मेरी आँखों में आँसुओं के भँवर घूम-घूमकर बहने लगे। पिता अब न उठ सकेंगे, न हिल सकेंगे। न खेत जा सकेंगे, न हल की मुठिया ही पकड़ सकेंगे, न पैना ही हाथ में ले सकेंगे। पिता अब इस दुनिया में नहीं हैं। ज़ोर की हिचकियों से मेरे गाल काँपने लगे। पेट उछल-उछल पड़ने लगा।

4

बक्कि रेड्डी ने सूती धागा फेंक दिया। विक्रय पत्र को गोद में फैलाकर रखने की उसने कोशिश की, लेकिन वह पत्र ऐसा बर्ताव करने लगा जैसे उसमें कोई मंत्र-शक्ति हो। ऊपर के हिस्से को फैलाकर

वह रखता, तो नीचे का हिस्सा अपने आप गोल होकर ऊपर उठ जाता। नीचे का हिस्सा फैलाकर रखता, तो ऊपर का हिस्सा गोल होकर उसे ढक देता। आख़िरकार उसने उसे गोद में लेकर हाथों की दसों उँगलियों से दबाकर फैलाए रखा और उसमें लिखा ब्योरा पढ़ने लगा :

विक्रय पत्र

दि. 20-7-1950 यानी श्रावण मास का 26वाँ दिन।

विक्रेता : कादाटि बक्कि रेड्डी। पुत्र : कादाटि मुनिसामि रेड्डी। किसान, ओंटिल्लु गाँव, चित्तुरु तालूका, चित्तुरु ज़िला।

ख़रीदार : कुमार स्वामी रेड्डी, पुत्र दोरस्वामी रेड्डी। उम्र 54 वर्ष। गाँव का नम्बरदार, ओंटिल्लु गाँव, चित्तूरु तालूका, चित्तूरु ज़िला।

सीमाएँ

पश्चिम : चित्तूरु-कडपा की सड़क।

उत्तर : नरसिंहुलु नायुडु का खेत।

दक्षिण : नाला।

पूरब : पाकाला सुब्बा रेड्डी का खेत।

"उपर्युक्त शेड्यूल की सम्पत्ति मेरे पुरखों की है। उसे मैंने अपने परिवार की ज़रूरतों के लिए बीस हज़ार रुपए में बेचा है। विक्रय का प्रतिफल बीस हज़ार रुपया मैंने प्राप्त कर लिया है। मुझे प्राप्त समस्त अधिकारों समेत आज मैंने इस ज़मीन को आपके अधिकार में दे दिया है। आज के बाद बेची गई उक्त सम्पत्ति का उपभोग करने के समस्त अधिकार आपके अधीन होंगे। ज़मीन के भीतर जो भी तरु, जल, पाषाण आदि निधियाँ या भंडार हैं, उन सबको भी पुत्र, पौत्र आदि समेत दान, विक्रय आदि समस्त अधिकारों के साथ स्वेच्छा से और सुखपूर्वक आप भोग सकेंगे।"

विक्रय-पत्र की बाक़ी बातों को बक्कि रेड्डी पढ़ नहीं सका। उसकी आँखों की पुतलियों पर आँसुओं की परत फैल गई। आँसुओं की उस परत में से उसे अपने पिता का चेहरा दिखाई देने लगा।

पिता ने बेचने-ख़रीदने में एक हाथ से दूसरे हाथ में जाने वाली वस्तु के रूप में ज़मीन को कभी नहीं देखा था। उन्होंने अपनी चौदह एकड़ ज़मीन को अपनी सन्तान के रूप में, सम्बन्धी के रूप में, पत्नी के रूप में, अड़ोसी-पड़ोसी के रूप में ही देखा था। ज़मीन का केवल भौतिक रूप ही नहीं, उसका मन, प्राण और यहाँ तक कि उसका आध्यात्मिक अस्तित्व भी होता है—ऐसा वे मानते थे।

पिता की मृत्यु गर्मी के दिनों में हुई थी। दो बरस वे लकवे का शिकार होकर खाट पर ही रहे थे। पहले उनके पैरों ने जवाब दे दिया था। कुछ समय बाद हाथों ने भी जवाब दे दिया था। उसके थोड़े और समय बाद अपनी जीभ और होंठों पर भी उनका क़ाबू नहीं रहा। बीच-बीच में साँस भी कुछ देर के लिए बिला जाती थी।

धीरे-धीरे पिता को अपनी शारीरिक स्थिति ख़ूब अच्छी तरह समझ में आ गई। उनको मालूम हो गया कि उनके आख़िरी दिन अब नज़दीक आ गए हैं। उन्होंने सभी रिश्तेदारों को बुला भेजने की इच्छा व्यक्त की। हमारे सभी रिश्तेदारों के गाँव दस-बारह मील दूरी के अन्दर ही पड़ते हैं। वह समय भी खेती के कामों की आपाधापी का न था। ख़बर मिलते ही सारे रिश्तेदार चले आए थे। मामाजी तो परिवार समेत ही आ गए थे। सभी लोग पिताजी की खाट को घेरकर उनका हालचाल पूछते रहे। पूछते-पूछते साड़ियों के आँचलों से या दुपट्टों से आँखें पोंछते रहे। उनको घेरी हुई उतनी जोड़ी आँखों से आँसू निकलते देखकर भी पिताजी की आँखों में आँसू नहीं आए थे।

सभी रिश्तेदार एक-एक करके कमरे से बाहर चले आए। तब पिताजी ने इशारे से मुझसे कहा कि मामाजी को अन्दर बुलाऊँ। अन्दर आकर मामाजी ने पूछा, "क्या बात है?"

खटिया पर चित लेटे पिताजी ने सिर एक तरफ़ को घुमा लिया था। उनकी आँखें मुझे और मामाजी को बारी-बारी से देखती रहीं।

"कहो न, बुलवाया किसलिए था मुझे?" मामाजी ने फिर पूछा।

पिताजी हम दोनों की ओर उसी तरह बारी-बारी से देखते रहे। मन

में जाने कितनी बातें उमड़-घुमड़ रही थीं। कुछ कहने के प्रयास में उनकी जीभ और होंठ विकृत रूप से हिल रहे थे। मगर बात फूट नहीं रही थी।

खटिया के निकट आकर मामाजी बोले, "तुम मायूस क्यों होते हो? होता वही है, जो भाग्य में बदा होता है। सब समझते हुए भी क्यों इस तरह मायूस होते हो?"

अपने मन की बात को बाहर लाने की कोशिश पिताजी फिर भी करते रहे।

खटिया की पाटी पर बैठकर मामाजी ने कहा, "शान की ज़िन्दगी जी है, तुमने। आसपास के दस गाँवों में लोग तुम्हें धर्मराज युधिष्ठिर की तरह मानते हैं। ऐसे जिए हो, जिससे शाम को दीया जलाकर लोग तुम्हारा नाम याद करें। क्या कमी रही कि तुम ऐसे मायूस हुए जा रहे हो?"

पिताजी के मन की बात उनके गले में अटककर छटपटा रही थी। गले की पीड़ा उनकी आँखों में प्रतिफलित हो रही थी।

मेरी ओर इशारा करके मामाजी बोले, "हीरे जैसा बेटा पाया है तुमने। कहो तो पहाड़ को चूर-चूर कर दे। तुमसे भी ज़्यादा नाम कमाएगा। तुम किस बात से परेशान हो रहे हो, यह मेरी समझ में नहीं आ रहा है!"

मेरी ओर थोड़ी देर देखने के बाद पिताजी ने सिर आड़े घुमाया और फिर मामाजी की तरफ़ देखा।

पिताजी का हाथ अपने हाथ में लेकर मामाजी फिर कहने लगे, "सोना उगलने वाली ज़मीन तुम्हारे पास है। इस ज़मीन के आसरे हाथ पर हाथ धरकर तुम्हारा बेटा ज़िन्दगी गुज़ार सकता है। उसको..." मामाजी ने अपनी बात पूरी नहीं की।

सहसा पिताजी की आँखें काँटे में फँसी मछलियों की तरह छटपटाने लगीं। उनके चेहरे की पेशियाँ तरह-तरह से इस तरह टेढ़ी-मेढ़ी हुईं जैसे सधे हुए तीर उनके मर्म में आकर गड़े हों। अन्दर की सारी ताक़त बटोरकर बहुत जतन के बाद उनके मुँह से जो शब्द फूटे, वे थे, "ज़मीन... ज़मीन पर आँच न आने पाए..."

पिताजी को बाँहों में भरकर मामा जी ने कहा, "ज़मीन पर आँच वह आने क्यों देगा? ज़रूरत पड़े, तो साँप के मुँह में उँगली देकर भी वह अपनी ज़मीन की हिफ़ाज़त कर लेगा। इसी बात को लेकर तुम इतने मायूस हो रहे थे?"

बहुत मुश्किल से पिताजी ने कहा, "मेरी मिट्टी जाने कब उठेगी। मेरे परान तो उस ज़मीन में ही बसे रहेंगे। यह लड़का अभी नादान है। अच्छा-बुरा नहीं समझता..." कहते-कहते साँस बुरी तरह फूलने लगी तो उन्होंने अपनी बात बीच में ही छोड़ दी।

मामाजी कुछ-कुछ झिड़कते हुए-से बोले, "वह नादान कहाँ से हो गया? अपनी बीमारी की वजह से तुमने इसकी शादी नहीं की। वरना अब तक एक बच्चे को कन्धे पर उठाए घूमता।" फिर खटिया के पास मेरा हाथ खींचकर उन्होंने मुझसे पूछा, "क्यों रे बक्का, तुम ज़मीन की हिफ़ाज़त नहीं कर सकते क्या?" खटिया के इतने पास खड़े होकर कि मेरे घुटने उससे छू जाएँ, पिताजी की आँखों में देखते हुए मैंने कहा, "ज़मीन पर मैं क्यों आँच आने दूँगा? पलक आँख की जिस तरह हिफ़ाज़त करती है उसी तरह हिफ़ाज़त करूँगा। मैं किसी रेड्डी का जना हुआ हूँ या किसी ऐरे-गैरे का जना हुआ?"

मेरी उम्र उस वक़्त क्या थी, यह मुझे नहीं मालूम। दाढ़ी बनवाने के लिए नाई के पास जाना मैंने अभी शुरू नहीं किया था।

यह बात मैंने पिताजी की आँखों में सीधे देखते हुए ही कही थी। मेरी बात सुनते ही पिताजी ने राहत की एक लम्बी साँस छोड़ी। उस वक़्त उनकी छाती दाएँ-बाएँ और ऊपर की ओर दो पड़ी उँगलियों जितनी फैली थी। उसके बाद उन्होंने ज़ोर से आँखें मींचीं। आँखों में जो पानी भरा था वह सब बह आया। जब उन्होंने दुबारा आँखें खोलीं तब उनकी आँखें स्वच्छ और शान्त थीं।

उस रात पिताजी का बोलना बन्द हो गया। रिश्तेदार अपने गाँव लौटकर नहीं गए। हमारा मकान बहुत छोटा है। लेकिन गर्मी का मौसम होने की वजह से उन लोगों के टिकने में परेशानी नहीं हुई। हमारे मकान

के सामने इमली के दो बड़े-बड़े पेड़ हैं। चटाइयाँ बिछाकर रात को सब उन पेड़ों के नीचे सोते थे। तीसरे दिन भोर में पिताजी चल बसे।

5

बक्कि रेड्डी ने विक्रय-पत्र में लिखी बातों को बार-बार पढ़ा। ''मुझे प्राप्त समस्त अधिकारों समेत आज मैंने इस ज़मीन को आपके अधिकार में दे दिया है।'' इस वाक्य को वह एकटक देखता रहा। उसे लगा कि उस वाक्य का एक-एक अक्षर धीरे-धीरे फैलकर बड़ा होता जा रहा है और फैलकर एक गोल पत्थर का रूप ले रहा है और वह उन पत्थरों के बीच में धँसता जा रहा है। पत्र ख़ूब झुकाकर छोड़े गए बाँस की मुलायम छड़ी की तरह अपने आप ही तुरन्त गोलाई में लिपट गया। खटिया के ऊपर और नीचे सूती धागा उसने ढूँढ़ा। वह मिला नहीं। हवा में शायद उड़ गया था। वह उठा, पशुओं की चरनी में से थोड़ा-सा पुआल लिया और काग़ज़ उसमें लपेटकर गाँठ बाँध दी। काग़ज़ के रोल को दीवार के आले में रखकर वह खटिया पर फिर से चित पड़ गया। हथेलियों को सिर के नीचे ले जाकर एकटक वह आले को देखने लगा। आले में कुछ-कुछ अँधेरा है। उस अँधेरे की कालिमा में काग़ज़ का सफ़ेद रोल और अधिक चमक रहा है। सिर को स्थिर करके वह अपलक आले में ही देखता रहा। क्रमशः काग़ज़ के रोल के सिवा बाक़ी सब उसकी दृष्टि से ओझल हो गया। फिर कुछ देर बाद उसे काग़ज़ के रोल की जगह पुआल की रस्सियों से बँधा उसके पिता का शव दिखाई पड़ने लगा।

शव को सिर से पैर तक सफ़ेद कपड़े में लपेटकर अर्थी पर रखा गया था और पुआल की रस्सियों से कसकर बाँध दिया गया था। अर्थी को दाएँ से तीन लोगों ने और बाएँ से भी तीन लोगों ने पकड़कर उठाया और अपने

कन्धे पर रख लिया। अर्थी ऊपर उठ रही थी कि वहाँ जमा हुए सब लोग 'गोविन्दा...गोविन्दा...गोविन्दा...' कहकर ज़ोर से चिल्ला उठे। ठीक उसी समय डफों का बजना शुरू हो गया। मुझे अपनी हिचकियों की आवाज़ में लोगों की चिल्लाहट या डफों का बजना कुछ ख़ास सुनाई नहीं दे रहा था। मामाजी ने मेरे हाथ में आग की हाँड़ी पकड़ाई और दो-चार बार मेरा कन्धा थपथपाकर चले गए। दाएँ हाथ में आग की हाँड़ी थामे और बाएँ हाथ से आँखें पोंछता हुआ मैं अर्थी के पीछे चलने लगा। मेरे पिता की अन्तिम यात्रा आरम्भ हो गई थी। वह यात्रा हमारे घर को, गली को और गाँव की सरहद को भी पार करके हमारी ज़मीन के पास पहुँचकर रुकी।

हमारी ज़मीन के दक्षिण में एक ऊँचा-सा पेड़ है। पेड़ के उस तरफ़ एक नदी है। केवल बारिश के दिनों में उसमें ख़ूब बहाव होता है। बाक़ी समय में पानी की पतली-सी एक धारा किसी एक कोने में छल-छल करती बहती रहती है। नदी और पेड़ के बीच में बंजर ज़मीन है। उस बंजर ज़मीन में चार हाथ की लम्बाई में एक गड्ढा पिताजी के शव के लिए तैयार करके रखा गया था।

शव-वाहकों ने गड्ढे के किनारे अर्थी उतार दी। शव को चारों तरफ़ से घेरी हुई पुआल की रस्सियाँ चाकू से काट डाली गईं। अर्थी के बाँसों के टुकड़े-टुकड़े कर दिए गए। रस्सियाँ और बाँस के टुकड़े पासवाली आक की झाड़ियों में डाल दिए गए। फिर उन लोगों ने सफ़ेद कपड़े समेत शव को गड्ढे में उतारा। दो आदमी गड्ढे में उतरे और शव को नीचे इस तरह रखा कि शव का सिर दक्षिण की ओर रहे। इसके बाद मामाजी के कहे अनुसार अंजलि में मिट्टी लेकर तीन बार मैंने शव के ऊपर डाली। गड्ढे में नीचे कुछ-कुछ अँधेरा रहने से शव अस्पष्ट-सा दिखाई पड़ रहा था। मैंने जो मिट्टी डाली थी, वह उसके किस अंग पर गिरी थी, यह मैंने ध्यान नहीं दिया। वहाँ आए हुए कुछ लोगों ने फावड़ों से और अंजलियों से मिट्टी को किनारे पर से गड्ढे में धकेलना शुरू किया। देखते-ही-देखते गड्ढा भर गया। पिताजी को भूमिस्थ करने का काम पूरा हो गया। जहाँ उनको भूमिस्थ किया गया था, उस जगह चार हाथ की लम्बाई और डेढ़ फ़ुट ऊँचाई

में मिट्टी डाली गई। फिर मिट्टी के उस टीले पर तुलसी का बिरवा रोपा गया। मैं रोज़ जाकर मटके से नदी का पानी लाकर उसे सींचता था। दो ही दिन में वह बिरवा अपनी जगह जम गया। पानी देने के बाद मैं रोज़ घुटनों के बल बैठकर उस बिरवे में आई नई-नई पत्तियाँ देखा करता था।

6

बक्कि रेड्डी चित लेटकर आले की ओर देखे जा रहा है। काग़ज़ का सफ़ेद रोल उसके पिता के शव की तरह लगता रहा, तो कालिमा से अँटा आला उसके पिता को अपने में विलीन किए हुए ज़मीन के गड्ढे की तरह दिखाई देने लगा। 'आज मैंने अपने पिता को दूसरी बार ज़मीन में गाड़ दिया है।' उसके मन में आया।

ढोरों की मड़ई में से एक चमगादड़ बाहर निकला। खटिया पर पड़े बक्कि रेड्डी के ऊपर और खूँटों के पास पड़े बैलों के ऊपर वह चक्कर काटता रहा। हवा में थोड़ी देर घूमते रहने के बाद तेज़ी के साथ उड़कर दीवार के आले के अन्दर वह घुस गया। आले में काले चमगादड़ के घुसते ही काग़ज़ का सफ़ेद रोल ज़मीन पर लुढ़क पड़ा।

बक्कि रेड्डी झट से उठ बैठा। उसे ध्यान नहीं रहा, लेकिन उसका शरीर बहुत देर से पसीना उगल रहा था। सारा शरीर भीगा हुआ था और उसे प्यास लग आई थी। पानी पीने के लिए वह खटिया से उठकर मड़ई से बाहर आ गया। वह रसोई की ओर चलने लगा। रसोई के साथ सहन लगा हुआ है। वहाँ अरहर की फलियों के बोरों से पीठ टिकाकर उसकी पत्नी बैठी हुई थी। मुँह में कपड़ा ठूँसे वह सिसक-सिसककर रो रही थी। चार स्त्रियाँ पास बैठकर उसे ढाढ़स देने का प्रयत्न कर रही थीं।

बक्कि रेड्डी सहन को पार करके रसोई में चला गया। पीतल के लोटे से मटके में से पानी भरकर वह गटागट पीने लगा। थोड़ा-सा पानी मुँह के किनारे के पास से बाहर आकर गले पर फिसलता रहा। पानी

पोंछते हुए झुककर उसने फिर से लोटा भर लिया।

इतने में उसकी पत्नी ने दहाड़ें मार-मारकर रोना शुरू कर दिया। सहन में अरहर के दाने चुग रही चूजोंवाली मुर्ग़ी गरदन तानकर देखने लगी। बक्कि रेड्डी की पत्नी का आँचल ज़मीन पर गिर गया था और वह दोनों हाथों से छाती पीट-पीटकर ज़ोर-ज़ोर से रो रही थी। मुर्ग़ी पंख फड़फड़ाती, 'कुड़क-कुड़क' करती उड़कर एक नीची दीवार पर जा पहुँची और गरदन घुमाकर देखने लगी। बक्कि रेड्डी की पत्नी अब सहन में अरहर के दानों और भूसी पर लुढ़कती हुई दिल दहलाने वाले अन्दाज़ में रोती जा रही थी। फिर से 'कुड़क-कुड़क' करती हुई और पंख फड़फड़ाती हुई मुर्ग़ी मौलश्री के पेड़ पर आकर बैठ गई।

भरा लोटा बक्कि रेड्डी के हाथ से मटके में फिसल गया। तेज़ क़दमों से वह रसोई से बाहर आ गया। सहन में वह एक अपराधी की तरह, अपना अपराध स्वीकार कर रहे आदमी की तरह, दंड को स्वीकार करने के लिए प्रस्तुत मनुष्य की तरह सिर झुकाकर चुपचाप खड़ा रहा। कुछ देर खड़ा रहने के बाद सिर उठाकर उसने आकाश की ओर ताका और दोनों हाथों की उँगलियों से सिर खुजाता रहा। फिर धीरे-से पीछे की ओर मुड़कर छोटे-छोटे क़दम बढ़ाता हुआ वह ढोरों की मड़ई में चला गया। वहाँ खटिया पर लुढ़ककर चित पड़ गया। उसका दिल छाती के गड्ढे की दीवारों के साथ ताबड़तोड़ टकराता रहा।

कितने आश्चर्य की बात है! उसने कभी नहीं सोचा था कि उसकी पत्नी इतनी ज़ोर से चीख़-चीख़कर रो सकती है। उसके साथ वह चालीस साल से गृहस्थ-जीवन जीता रहा है। पत्नी ने अनगिनत तकलीफ़ें झेली हैं। बक्कि रेड्डी ने आँखें अंगारों की तरह लाल होने तक रोते हुए उसे देखा है। सामने वाले आदमी को कुछ अन्दाज़ा न हो, इस तरह अन्दर-ही-अन्दर घुट-घुटकर बिसूरते देखा है। दस हाथ परे बैठे आदमी को भी न सुनाई पड़े, इस तरह चुपचाप सुबक-सुबककर रोते देखा है। दिनों तक दाना-पानी छोड़ना देखा है। लेकिन इतने ज़ोर से, इतने भयंकर रूप से और इतने विकृत रूप से उसे क्रन्दन करते आज पहली बार देख रहा है।

खटिया पर पड़े बक्कि रेड्डी को सहन में से पत्नी का रोना साफ़ सुनाई दे रहा है। सुनते-सुनते उसे पिता की मृत्यु के बाद जिस दिन माँ की चूड़ियाँ ठंडी की गई थीं, उस ग्यारहवें दिन की घटनाएँ एक-एक करके याद आने लगीं।

पिता की ग्यारहवीं वाले दिन मित्र और सम्बन्धी, बहुत-से लोग आ गए थे। जिस दिन पिता को भूमिस्थ किया गया था, उस दिन से ज़्यादा ही लोग आए थे। दिन बाँसभर चढ़ने तक हम सब उस दिन रास्ते वाले अपने चकों के पास पहुँच गए थे। उस रोज़ वहाँ बहुत-सी रस्में पूरी की गई थीं। गाँव के नाई ने मुझे आक की झाड़ियों में बिठाकर मेरा सिर सफ़ाई से मूँड़ दिया था। उसके बाद हमारी ज़मीन वाले कुएँ में मैंने तीन बार डुबकी लगाई थी। कुएँ की सीढ़ियाँ चढ़कर मेरे आते ही मामाजी ने एक नई धोती पकड़ाई थी और लांग खोंसकर पहनने को कहा था। उस वक़्त तक मैं सिर्फ़ लुंगी ही पहनता था। लांग खोंसकर धोती पहनने में मामाजी ने मेरी मदद की। पिताजी जिस जगह भूमिस्थ किए गए थे, उस टीले के पास एक पीढ़ा लगाकर लोगों ने मुझे बिठा दिया। ब्राह्मण मेरे सामने आकर बैठ गया और बैठकर वह जाने क्या-क्या मंत्र पढ़ता रहा।

जहाँ मैं बैठा था, वहाँ से क़रीब बीस गज़ की दूरी पर नदी में नाले जैसी पानी की पतली धारा बह रही थी। पानी की धारा के साथ-साथ काँस की कमर जितनी ऊँची झाड़ियाँ खड़ी थीं। बीच-बीच में काँस के फूल धूप में चमक उठते थे। माँ पानी की धारा के पास बैठी थीं। उनको घेरकर बहुत सारी सुहागिनें जुट आई थीं। वहाँ माँ के माथे से रोली-कुमकुम मिटाने की रस्म हो रही थी।

ब्राह्मण ने डाभ के तिनकों को बटकर अँगूठियाँ बनाईं और उन्हें मेरे दाएँ हाथ की उँगलियों में पहना दिया। फिर भात के पिंड बनाकर ज़मीन पर मेरे सामने रखे। फिर पिंड मेरे हाथ में देकर आठों दिशाओं में उनको फेंकने को कहा। मैं एक-एक पिंड एक-एक दिशा में फेंक रहा था, और वह मंत्र पढ़ता जा रहा था। फिर उसने मेरी दाईं हथेली पर

कुछ तिल रखे। लोटे में पानी लेकर आम के पत्ते जिस कलश में सजाकर रखे गए थे, उस कलश में वे तिल गिरें, इस तरह से मेरी हथेली पर वह पानी डालता रहा।

ब्राह्मण जो कर्मकांड करा रहा था, उसे मैं यंत्रवत् किए जा रहा था। मेरी आँखें तो माँ पर ही टिकी थीं।

मेरी मामी माँ को बाँहों में लिये हुए थीं। पिछले दस दिनों में माँ की आँखों की नमी सूखी नहीं थी। मुँह में दाना नहीं गया था। इन दस दिनों में ही वह सूखकर आधी हो गई थीं। फिर भी आज की रस्म पूरी करने के लिए सुहागिनें माँ को प्रथानुसार दुल्हन की तरह सजाकर ले आई थीं। एक सुहागिन ने माँ के पैरों से बिछुए उतार दिए। फिर हाथ की चूड़ियाँ उतारकर पत्थर से तोड़-तोड़कर उनके टुकड़े-टुकड़े कर दिए। गले से मंगलसूत्र और कानों से बालियाँ निकालकर अलग कर दीं। उतनी देर तक माँ चुपचाप रोती रही थीं। उसके बाद एक सुहागिन ने माँ के माथे से कुमकुम की बिन्दी मिटाने की कोशिश की। इसमें उसे माँ का सहयोग बिलकुल नहीं मिला। माँ ने अपने दोनों हाथों से माथे को ज़ोर से ढाँप लिया। उनके हाथों को और बाँहों को मज़बूती से पकड़कर दोनों तरफ़ से दो महिलाओं ने खींचना शुरू किया। माँ हिल नहीं पाए, इसका ध्यान रखते हुए मेरी मामी ने पीछे से और ज़ोर से उनको बाँहों में कस लिया। स्त्रियाँ उनको अपनी-अपनी तरफ़ खींच रही थीं, तो माँ ज़मीन पर ज़ोर-ज़ोर से पैर पटककर प्रतिरोध कर रही थीं। सुहागिनों ने अपना सारा ज़ोर लगाकर क्षणभर के लिए माँ के माथे से उनके हाथ हटा दिए। उसी क्षण एक सुहागिन ने अपने हाथ से माँ के माथे से कुमकुम की बिन्दी मिटा दी। फिर अपना हाथ उसने नाले के पानी में धो लिया। तब जाकर महिलाओं ने माँ के हाथों और बाँहों को छोड़ा। सीधी बैठकर माँ पागल की तरह थोड़ी देर चारों तरफ़ देखती रहीं। उसके बाद इतने भयंकर रूप से चीख़-चीख़कर रोने लगीं कि वहाँ इकट्ठे हुए सब लोगों का ख़ून जम जाए। काँस की झाड़ियों में से एक मुर्ग़ाबी 'क्वाक्-क्वाक्' करती हुई और पंख फड़फड़ाती हुई बाहर

कूदी और चीख़ती-चिल्लाती नदी के दूसरे किनारे की झाड़ियों में घुसकर ग़ायब हो गई।

ब्राह्मण ने अपना मंत्रोच्चार रोका और सिर घुमाकर देखा। मैं पीढ़े से उठने को हुआ। मेरे कन्धों पर हाथ रखकर मुझे बिठाते हुए उसने मंत्रों का पाठ जारी रखा। वह अपनी घबराहट में दुगने वेग से मंत्रों का पाठ करने लगा। वे मंत्र मेरे कानों तक पहुँच नहीं रहे थे। मेरे कान, आँखें सब माँ पर ही एकाग्र थीं।

7

बक्कि रेड्डी खटिया पर चित लेटा है। धूप का ताप काफ़ी कम हो गया है। ढोरों की मड़ैया की छाया ख़ूब लम्बी होकर गली में पसर गई है। अब थोड़ी देर में अँधेरा होने को है। भोजन की खोज में निकले हुए गौरैये लौटकर मौलश्री के पेड़ पर किच्-किच् कर रहे हैं।

बक्कि रेड्डी दोपहर से ही ढोरों की मड़ई से चिपका हुआ है।

वह अब कहाँ जा सकता है? चौपाल में जा सकता है। वहाँ अपने साथी किसानों के साथ मौसम को लेकर बात कर सकता है। "दो दिन से उमस बढ़ गई है। कल या परसों मौसम की पहली बारिश शुरू हो सकती है। बादल ईशान कोण से उतर सकते हैं या आग्नेय कोण से। बारिश कितनी होगी? उतनी हो सकती है, जितनी से हल की फाल ज़मीन में बालिश्त भर धँस जाए या नदी-नाले उमड़कर बहने लगें, उतनी भी हो सकती है। तालाब परिवाह तक भर जाए, इतनी हो सकती है या पानी परिवाह से ऊपर जाकर ज़ोर-शोर से बहे, इतनी भी हो सकती है।" ऐसी बातों की चर्चा में वह हिस्सा ले सकता है।

लेकिन मैं अब किसान नहीं हूँ। मैंने ज़मीन खो दी है। तालाब भरे या सूखकर उसमें बबूल उग आएँ, एक ही बात है। मुझे कोई फ़र्क़ नहीं पड़ता। उसने सोचा।

अब वह और कहाँ जा सकता है? पास की गली में रहनेवाले साथी किसान गंगि रेड्डी के घर जा सकता है। मकान के चबूतरे पर बैठकर उसके साथ खेती के कामों को लेकर बात कर सकता है। "इस मौक़े पर किस क़िस्म का धान बोना अच्छा रहेगा? फलाने क़िस्म के धान की डंडियाँ कितनी लम्बी हो जाती हैं? उस धान में दूधिया दाना लगने में कितना वक़्त लगता है? उसके दूधिया दाने को पकने में कितने हफ़्ते लगते हैं? फ़सल काटकर ओसाई करें तो एक एकड़ में कितना धान उतरेगा?" ऐसी बातों की चर्चा वह कर सकता है।

लेकिन अब मैं किसान नहीं हूँ। मेरी ज़मीन क़ुर्क़ी में चली गई है। गंगि रेड्डी के साथ बैठने लायक़ अब मैं नहीं हूँ। —बक्कि रेड्डी सोचता रहा।

उसे जाना हो तो जाने के लिए जगह और कौन-सी होगी? पश्चिम वाली गली में रहने वाले बढ़ई कदिरप्पा के घर जा सकता है। बढ़ई के घर के पीछे एक मड़ई है। मड़ई में आरा, बसूला, रंदा, रेती, रुखानी, बरमा वग़ैरह उसके औज़ार रखे रहते हैं। कदिरप्पा इन औज़ारों से काम करते-करते बेहाल होकर माथे का पसीना पोंछता रहता है। वहाँ जाकर वह कह सकता है कि "कदिरप्पा, कल शाम तक हल बनाकर देना है तुमको। आसमान में घिरती घटा को देखो, तो लगता है कि मौसम की पहली-पहली बारिश कल या परसों शुरू हो ही जाएगी। बूँद ज़मीन पर गिरते ही मुझे हल जोतना होगा। नमी सूखने से पहले दो-एक बार तो जुताई करनी होगी।"

लेकिन अब मैं किसान कहाँ से हूँ? हरिश्चन्द्र ने जिस तरह अपनी पत्नी की नीलामी कर दी थी, उसी तरह मैंने ज़मीन की नीलामी कर दी है। नए हल की मुझे कोई ज़रूरत नहीं है। अब जो पुराना हल घर में है, उसे दीमक भी लग जाए तो कोई नुक़सान नहीं है। —बक्कि रेड्डी सोचता रहा।

वह और कहाँ जा सकता है? पश्चिम वाली गली में लुहार के घर जा सकता है। लुहार के घर की बग़ल में इमली के पेड़ के नीचे उसकी

भट्ठी है। भट्ठी के सामने वह बैठा होगा। लोहे के जलते सरिए को चिमटे से पकड़कर निहाई पर हथौड़े से उसे पीट रहा होगा। "आचारी, इन काली घटाओं को मँडराते देखकर तो ऐसा लगता है कि अब दो-तीन दिनों में ही मौसमी बारिश शुरू हो जाएगी। पंडित जी ने भी पंचांग देखकर यही कहा है। इधर दो बूँदें ज़मीन पर गिरीं, तो फिर दोनों पैर एक जगह रखने की भी फुर्सत नहीं रहेगी। हमारे ढोरों के खुर घिस गए हैं और उनमें से ख़ून रिसने लगा है। नाल ठोकने में अब देर ज़रा भी नहीं कर सकते। बैलों को यहीं ले आऊँ या तुम ही औज़ार लेकर घर पर आओगे?" यह बात वह पूछ सकता है।

लेकिन अब मैं किसान तो हूँ नहीं। भगवान से अल्पायु माँगकर आई सन्तान की तरह मेरी ज़मीन मेरी होकर नहीं रह सकी। बैलों से अब मेरा कोई काम नहीं है। बैल रहें या भेड़िए उनको चबा जाएँ, मेरे लिए दोनों ही बराबर हैं। —उसने सोचा।

आले में से चमगादड़ बाहर आया और कुछ देर हवा में चक्कर काटकर फिर से कोठे पर चला गया। चित लेटा बक्कि रेड्डी आँखें घुमाकर कोठे पर फैले अँधेरे में देखने लगा।

अब उसे किसी से काम नहीं है। अब वह किसी को अपना मुँह दिखा नहीं सकता। उसका इस दुनिया से कोई नाता-रिश्ता नहीं है। चराचर इस संसार में उसके योग्य भूमिका कोई नहीं है। कोठे पर जीने वाले चमगादड़ की तरह, पेड़ के कोटर में रहने वाले उल्लू की तरह अब उसे अँधियारे की ही ज़िन्दगी बितानी होगी। गाँव के उत्तर में पड़े हुए तोल के पत्थर की तरह, दक्षिण में पड़े हुए पुराने गोल पत्थर की तरह भूमि पर भार बनकर उसे जीना होगा। गाँव में आज से वह एक अशुभ शकुन की तरह बचा रहेगा। शुभ काम से निकले हुए लोगों के सामने वह पड़ जाए, तो लोग अपनी यात्रा का विचार छोड़ देंगे। अब गाँव में कोई भी आगे चार पीढ़ियों तक अपने बच्चों का, उसका या उसके नाम से मिलता-जुलता नाम नहीं रखेगा।

बक्कि रेड्डी करवट लेकर लेट गया। बैल दोनों खूँटों के पास हैं।

कालावाला बैल खड़ा-खड़ा बेचैनी से इधर-उधर देख रहा है। सफ़ेदवाला बैल लेटकर जुगाली कर रहा है। अँधेरा हो जाने से डाँस बैलों पर लदे काट रहे हैं। बैल बीच-बीच में इधर-उधर गरदन घुमा-घुमाकर डाँसों को झाड़ रहे हैं और पूँछ से पीठ और पुट्ठों पर मार रहे हैं।

अँधेरा हो जाने से मौलश्री के पेड़ के ऊपर गौरैयों का शोर कम हो गया है। वे शायद सोने की तैयारी में हैं। असंख्य जुगनू उस पेड़ में आपस में उलझते हुए उड़ रहे हैं।

8

कुछ देर बाद बात करते पुरुषों के कई स्वर बक्कि रेड्डी को गली में से आते हुए सुनाई पड़े। वे स्वर धीरे-धीरे अधिकाधिक स्पष्ट होते गए तो यह समझकर कि वे लोग उसके घर की तरफ़ ही आ रहे हैं, वह खटिया पर उठ बैठा। मिट्टी के तेल की एक लालटेन उसी की ओर आ रही थी। लालटेन की रोशनी में तीन जोड़ी पैर दिखाई पड़ रहे हैं। वे तीनों आदमी मड़ई में आ गए। वे उसके साथी किसान थे। गंगि रेड्डी, नरसिम्मुलु और मनि रेड्डी। तीनों खटिया के पास पहुँच गए। अपने हाथ की लालटेन को मड़ई की बल्ली से टाँगकर गंगि रेड्डी खटिया पर बैठ गया। बाक़ी दोनों खटिया की बग़ल में पड़े लकड़ी के कुन्दों पर बैठ गए।

वे चारों हमजोली किसान हैं। बचपन में मिलकर गलियों में चोर-सिपाही खेला करते थे। तालाबों में तैरते थे। पासवाले गाँवों में नाटक देखने जाया करते थे। बग़ैर टिकट के रेलगाड़ी से बस्ती में जाकर देर रातवाली फ़िल्म देख आते थे। सयाने होने के बाद एक-के-पीछे-एक ने शादी कर ली थी। एक की पत्नी के लिए दूसरा बड़ा या छोटा भाई बन गया था। बच्चों के पैदा होने के बाद से एक के बच्चों के लिए दूसरा चाचा या ताऊ बना हुआ था। खेती के कामों में एक-दूसरे से सलाह करते थे। खेती के एक के औज़ारों को दूसरा माँगकर ले जाता था। एक

की फ़सल की ढेरी के पास दूसरा रात में रखवाली करता था।

जब से होश सँभाला है, तब से ऐसा कोई दिन नहीं आया जिस दिन ये मित्र एक-दूसरे से मिले न हों, एक-दूसरे से बात न की हो।

लेकिन यह सब कल की कहानी है। वे तीनों अब भी किसान हैं। किसान राजा हैं। मेरे पास तो अब कोई ज़मीन नहीं है। अब मैं आवारा हूँ, भिखमंगा हूँ, ख़ानाबदोश हूँ। —बक्कि रेड्डी सोचता रहा।

बक्कि रेड्डी ने अपने साथियों की ओर आँख उठाकर भी नहीं देखा। सिर झुकाए बैठा रहा। ये लोग उसकी हँसी उड़ाने आए हैं। उस पर ताना कसने आए हैं। इन लोगों के हाथों में चूनादानियाँ हैं। उसने सिर उठाया नहीं कि उसके चेहरे पर चूना लगा देंगे। उन लोगों की मुट्ठियों में मिर्ची का चूरा है। उसका सिर उठा नहीं कि उसकी आँखों में चूरा झोंक देंगे।

बक्कि रेड्डी ने पैर खटिया से नीचे लटका लिये, हथेलियों को गोद में रखा और सिर झुकाए बैठा रहा। "मुझे दाँव पर लगाने का तुम्हारा मन हुआ कैसे?" यह सवाल पूछती द्रौपदी के सामने खड़े युधिष्ठिर की तरह, "मेरे पुत्र को अकेले चक्रव्यूह में भेज देने की बात तुमने सोची ही कैसे?" यह सवाल पूछते अर्जुन के सामने खड़े युधिष्ठिर की तरह वह सिर झुकाए बैठा रहा।

लेकिन उन लोगों ने कुछ नहीं पूछा। न कुछ बताया। बेबस आँखों से वे उसकी ओर देखते हुए ऐसे बैठे रहे जैसे पानी में डूबते हुए आदमी को देख रहे हों।

बैल एक-के-पीछे-एक उठकर खड़े हो गए। दोनों खूँटों के पास बेचैनी से दाएँ-बाएँ हिलने लगे।

थोड़ी देर तक बैलों की तरफ़ देखकर नरसिम्मुलु नायुडु ने कहा, "अरे, बैल इस तरह क्यों बेचैन हो रहे हैं?" और फिर बक्कि रेड्डी की ओर मुड़कर उसने पूछा, "सवेरे से इनको पानी भी पिलाया है कि नहीं रे?"

"देखने से पता नहीं चल रहा है? दोनों के पेट अन्दर को धँसे हुए

हैं। अब पूछना क्या? तुम्हीं जाकर उनको पानी पिलाकर ले आओ।'' गंगि रेड्डी ने सुझाया।

कुन्दे पर से उठकर नरसिम्मुलु नायुडु ने बैलों की पगहियों को खूँटों से खोला और बाहर ले गया। पानी पिलाने के बाद फिर से लाकर बैलों को उसने खूँटों से बाँध दिया। कुन्दे पर बैठते हुए उसने कहा, ''एक कंडाल। नाँदभर पानी पिया है एक-एक ने। जाने कितनी प्यास लगी थी उनको। झुके थूथन को उठाए बग़ैर पूरा एक कंडाल पानी पी गए।'' फिर उसने बक्कि रेड्डी से कहा, ''ढोरों को भूखा-प्यासा कैसे छोड़ दिया है रे बक्का? रेड्डी जात का कोई आदमी ऐसा करता है?''

''मैं रेड्डी जात का कहाँ से हूँ? एक सेंट* ज़मीन तक मेरे पास नहीं है। तुम मुझे रेड्डी जात का कैसे कह रहे हो?'' बक्कि रेड्डी झट से सिर उठाकर ज़ोर से चीख़ पड़ा।

''पागलों जैसी बातें कब से सीखी हैं रे? रेड्डी के घर जो पैदा हुआ है, वह रेड्डी नहीं तो और क्या होगा?'' गंगि रेड्डी ने कहा।

बक्कि रेड्डी ने तीनों को बारी-बारी से देखा। लालटेन की रोशनी में उसकी सूनी आँखें इधर-उधर घूमती दिखाई दे रही थीं। यों देखते हुए उसने कहा, ''पैदा किसके घर हुआ हूँ, यह किसने देखा है? अब मैं रेड्डी हूँ, यह कहने के लिए कौन-सी निशानी है मेरे पास? सोने जैसी ज़मीन खो बैठा हूँ। जो कुछ था, सब धो-पोंछकर पी गया हूँ। अब अपने को रेड्डी जात कहने के लिए एक भी निशानी है कहाँ? अब मैं आवारा हूँ, भिखारी हूँ, भिखमंगा हूँ। यही बात कहने के लिए अब तुम लोग आए हो। मेरा मज़ाक़ बनाने के लिए आए हो तुम लोग!''

''ज़मीन नहीं रही, तो क्या हो गया है रे बक्का? दुनिया ही ख़त्म हो गई है क्या? या दुनिया में ज़मीन खो बैठने वाली अनहोनी बात एक तुम्हारे साथ ही आज हुई है? कर्मों का फल ही समझो! आगे जो करना है, उसकी फ़िक्र छोड़कर पागलों की तरह ऐसी बातें क्यों कर रहे हो?'' गंगि रेड्डी ने ढाढ़स बँधाते हुए कहा।

---

* एकड़ का सौवाँ भाग।

''ज़मीन हाथ से निकल जाने के बाद अब करने को क्या रह गया है? चूहों की दवाई खानी रह गई है, या फिर पेड़ से फाँसी लगानी रह गई है! कोई एक तो करूँगा ही! ज़मीन जब हाथ से निकल ही गई, तो अब इस धरती पर मेरा क्या काम?'' बक्कि रेड्डी का अवसाद से भरा उत्तर था।

थोड़ी देर वे तीनों चुप्पी साधे रहे। फिर गंगि रेड्डी ने नरसिम्मुलु नायुडु की ओर ताका और नरसिम्मुलु नायुडु ने मनि रेड्डी की ओर। लालटेन के उजास में उन तीन जोड़ी आँखों ने चुपचाप आपस में कुछ सलाह की। फिर एक निश्चय पर पहुँचकर तीनों ने सिर उचका दिया।

''सवेरे से कुछ खाया-पीया है बा नहीं रे तुमने?'' उठकर बक्कि रेड्डी के कन्धे पर हाथ रखते हुए गंगि रेड्डी ने पूछा।

धीरे-से सिर उठाकर बक्कि रेड्डी ने उसकी ओर ताका। सौ फ़ुट गहरे कुएँ की तली से आते दुर्बल और अस्पष्ट स्वर में, ''मुँह में दाना कैसे जा सकता है रे, सोने जैसी ज़मीन गँवा बैठा हूँ मैं। अब पेट में दाना कैसे जाएगा औरं आँख में नींद कैसे आएगी रे?'' बक्कि रेड्डी ने कहा।

सुनकर लम्बी साँस छोड़ते हुए गंगि रेड्डी ने कहा, ''तब एक काम करते हैं। उठो, बताता हूँ।''

''कहाँ?'' बक्कि रेड्डी ने सवाल किया।

बाँह पकड़कर उसे उठाते हुए गंगि रेड्डी ने कहा, ''पहले उठो तो, अभी बताता हूँ।''

''कहाँ?'' उठते हुए बक्कि रेड्डी ने फिर पूछा।

''चार क़दम चलकर कलाल की मड़ई तक हो आते हैं।'' गंगि रेड्डी ने कहा।

''कलाल की मड़ई पर मेरा क्या काम?'' बक्कि रेड्डी ने झल्लाते हुए पूछा।

''हम भी तो रेड्डी जात के हैं रे। ज़मीन खोने का मतलब क्या होता है, यह हम भी समझते हैं। अब तुम्हारा पेट पीब पड़े ज़ख़्म की तरह

टीस रहा होगा। जब तक दो बोतल पेट में नहीं जाएँगी, तब तक तुम्हारे दिमाग़ को चैन नहीं पड़ेगा।'' गंगि रेड्डी ने सुझाव दिया।

गंगि रेड्डी के हाथ को बक्कि रेड्डी ने ज़ोर से झटक दिया। देखते-ही-देखते उसकी आँखें लाल हो गईं। फड़कते होंठों से उसने कहा, ''क्या कहा? मुझे कलाल की मड़ई में ले जाओगे? तुम्हारी आँखों को मैं कैसा दिख रहा हूँ?'' फिर बाक़ी दो साथियों की ओर मुड़कर उसने आगे कहा, ''तुम सबकी आँखों को मैं कैसा दिखाई दे रहा हूँ? आज ताड़ी पीने को कहोगे, और कल कन्धे से झोली लटकाकर गली-गली घूमने को कहोगे। परसों तिरुपति के पहाड़ की सीढ़ियों पर बैठकर भीख माँगने को कहोगे। मैं जानता हूँ। तुम लोग इसीलिए आए हो। मेरा मज़ाक़ उड़ाने आए हो। मेरा हाल देखकर ख़ुश होने आए हो।'' बक्कि रेड्डी चीख़-सा पड़ा।

गंगि रेड्डी और उसके दोनों साथी कुछ बोलने को हुए। इतने में काला बैल डकारा। बक्कि रेड्डी ने झट से पीछे मुड़कर देखा। शान से खड़े होकर पैर से ज़मीन खुरचते हुए बैल एक बार फिर ज़ोर से डकारा।

''देखा, देखा तुम लोगों ने! बैल तक मेरा मज़ाक़ उड़ा रहा है। मेरी चरनी में चारा खाने वाला जानवर! मेरी नाँद में पानी पीने वाला जानवर! इसकी आँखों में भी मैं हल्का पड़ गया हूँ। ज़मीन के हाथ से निकलते ही ढोर-डंगर की आँखों तक में हल्का पड़ गया हूँ।'' कहते-कहते बक्कि रेड्डी ने गाड़ी का डंडा उखाड़कर हाथ में ले लिया। वह दो हाथ लम्बा और हथेलीभर मोटा पक्की लकड़ी का डंडा था। डंडे को दोनों हाथों से सिर के ऊपर उठाकर उसने काले बैल की पीठ पर ज़ोर से दे मारा। एकदम घबराकर बैल ने अपने मालिक की ओर देखा। इस बार डंडा उसके थूथन पर पड़ा। बैल जहाँ खड़ा था, वहीं छटपटाता रहा। बक्कि रेड्डी उठाए डंडे को नीचे उतारे बिना बैल की पीठ पर, डिल्ले पर, पेट पर, जहाँ-जहाँ डंडा पहुँच सकता था, वहाँ-वहाँ ताबड़-तोड़ कूटने लगा। जहाँ-जहाँ चोट पड़ती वहाँ-वहाँ पूँछ से सहलाते हुए बैल वहीं-का-वहीं छटपटाता रहा। धम-धम की आवाज़ से मड़ई काँप गई।

दर्द बर्दाश्त नहीं हुआ तो जीभ बाहर निकालकर बैल 'अम्बाऽऽ' कहकर चीख़ने लगा। उसकी कातर चीख़-पुकार बक्कि रेड्डी को सुनाई नहीं पड़ रही थी। कुछ देर पहले की बैल की ज़ोर की डकार ही उसके कानों में गूँज रही थी। पीड़ा से मुड़-मुड़ पड़ता और छटपटाता प्राणी उसकी आँखों को दिखाई नहीं पड़ रहा था। थोड़ी देर पहले शान से खड़े होकर ज़ोर से डकारते बैल का दृश्य ही उसकी आँखों के सामने घूम रहा था। वह बैल को इस तरह मारता जा रहा था, जैसे उसे देखते हुए डकारकर पैर खुरचनेवाले उस प्राणी को मांस के लोंदे में बदलने का उसने संकल्प कर लिया हो। उन्मत्त होकर वह पीटे जा रहा था, तो उसके हाथ का डंडा बीच-बीच में निशाना चूककर पत्थर के खम्भे से टकरा जाता था। डंडा पक्की लकड़ी का होने से टूट नहीं रहा था। लेकिन बक्कि रेड्डी की कनपटियों से होकर पसीना बहने लगा। साँस फूलने से वह हाँफने लगा।

उसके साथियों ने उसे रोकने की कोशिश की। उनको धकियाकर, "मुझे छोड़ दो रे...आज या तो इसे मरना है या मुझे मरना है। मैं मरने को तैयार हूँ। मेरी ज़मीन चली गई। सोने जैसी ज़मीन चली गई। अब मेरा यहाँ क्या काम? मैं तैयार हूँ। यह मेरी मड़ई में पला जानवर है। मेरे दिए हुए चारे से पला है। इसने मेरा मज़ाक़ उड़ाया है। मरने से पहले मुझे इसे मारकर दफ़न कर देना है। मुझे छोड़ दे रे!" कहता हुआ वह फिर से बैल पर पिल पड़ा। धम-धम की आवाज़ और काले बैल की चीत्कारों से मड़ई गूँज उठी।

कुछ देर बाद छटपटाना छोड़कर बैल चारों पैरों पर मज़बूती से खड़ा हो गया और जी-जान से पगहे को तोड़ने की कोशिश करने लगा। पूँछ घुमाता और मुँह के किनारों से झाग टपकाता अपनी सारी ताक़त लगाकर खींचने पर भी मूँज का पगहा टूट नहीं रहा था।

साथी किसानों ने एक-दूसरे की ओर देखा। फिर नरसिम्मुलु नायुडु झपटकर पत्थर के खम्भे का चक्कर काटकर गया और खूँटे के पास झुककर पगहे की गाँठ खोल दी।

गाँठ खुलते ही बैल ख़ूब झुकाकर छोड़े गए नरम बाँस की तरह फलाँगकर बाहर कूद गया। एक बार फिर फलाँगकर वह गली में पहुँच गया। फिर गली में से वह पूरब की दिशा में दौड़ने लगा। वह दौड़ रहा था, तो उसके खुरों में लगे नाल से पत्थरों के टकराने के कारण चिनगारियाँ निकलने लगीं। अपनी दौड़ धीमी किए बिना और बिना पीछे देखे वह गाँव की सारी गलियों में इस तरह दौड़ता रहा जैसे कोई अदृश्य हाथ उसे अब भी लाठी से पीट रहा हो। फिर गाँव के बाहर ताड़ी की दुकान की बग़ल से होता हुआ नाले के पास पहुँचकर वह रुका। फिर धीरे-धीरे क़दम बढ़ाता हुआ पानी के पास पहुँचा और थूथन झुकाकर पानी पीने लगा।

काले बैल को गली-गली बेतहाशा दौड़ते हुए गाँव के बहुत-से लोगों ने देखा। जिन लोगों ने नहीं देखा उन लोगों ने उसके खुरों की आवाज़ सुनी। बैल के दौड़ने के कारण को लेकर लोगों ने एक-दूसरे से सवाल किया। ''शायद डाँस काट खा रहे होंगे।'' कुछ लोगों ने अनुमान लगाया। ''चरनी में पुआल खाते वक़्त उसमें शायद कोई साँप दिख गया हो।'' कुछ दूसरे लोगों की अटकल थी। ''शाम के बखत नाँद में पानी के बदले शायद ताड़ी पी ली हो।'' कुछ और लोगों ने टिप्पणी की।

सवेरा होते-होते इन सभी सवालों के जवाब के रूप में एक ख़बर घूम गई। कल रात काला बैल जिस तरह गली-गली भागा था, उसी तरह यह ख़बर गाँव में गली-गली तेज़ी से फैल गई। ''सुनने में आया है कि बक्कि रेड्डी का दिमाग़ चल गया है। ज़मीन हाथ से निकलते ही बेचारे का दिमाग़ चल गया।''

9

बक्कि रेड्डी का दिमाग़ चल गया है, यह बात पटवारी के कान में पड़ी।

पटवारी का खपरैल का मकान है। गली की तरफ़ उसका लम्बा-सा बरामदा है। बरामदे के छोर पर एक कमरा है। वही उसकी कचहरी है। कमरे में काठ की एक बड़ी-सी अलमारी है। अलमारी रजिस्टरों से भरी पड़ी है। उन रजिस्टरों में उस गाँव की ज़मीन से सम्बन्धित सारे ब्योरे दर्ज हैं। अलमारी की बग़ल में एक मेज़ और उसके पीछे एक कुर्सी रखी है।

अलमारी में से निकालकर पटवारी ने एक रजिस्टर मेज़ पर डाल दिया। कुर्सी पर बैठकर उसने रजिस्टर खोला और थोड़ी देर तक पन्नों को दाएँ से बाएँ और बाएँ से दाएँ पलटता रहा। दवात में क़लम डुबोकर कुछ लिखते-लिखते वह रुका और फिर क़लम दवात में रख दी। फिर लम्बी साँस छोड़कर वह कुर्सी में पसर गया।

गाँव का एक आदमी ''पटवारी जी हैं क्या?'' पुकारता हुआ कमरे के सामने आ गया। ''हाँ अन्दर हूँ। चले आओ।'' पटवारी ने उसे बुलाया।

वह आदमी अन्दर आकर बेंच पर बैठ गया।

''क्या बात है?'' पटवारी ने पूछा।

''अब भी पूछते हो कि क्या बात है? पिछली पूर्णमासी से लगातार चप्पल घिस रहा हूँ। अपने भाई से अब आगे मेरा निबाह न होगा। ज़मीन से होने वाली सारी आमदनी वह रंडीबाज़ी में उड़ा रहा है। तुम आकर ज़मीन की नपाई करो और फ़ैसला करके बताओ कि मेरी ज़मीन कितनी है और उसकी ज़मीन कितनी।'' आगन्तुक ने आवेग से कहा।

विरक्तभाव से पटवारी ने कहा, ''क्या धरा है इस ज़मीन में या इस नपाई में। ज़मीन को कन्धे पर लादकर तो कोई पैदा हुआ नहीं है। जाते बखत कन्धे पर लादकर जाता भी कोई नहीं है। उस बक्कि रेड्डी की बात सोचो।''

''हाँ, सुना है कि ज़मीन जाने के बाद उनका दिमाग़ चल गया है। लेकिन ऐसा कैसे हो गया?''

''कैसे का क्या मतलब? गले तक क़र्ज़ में डूब गया था। बैंक

वाले आए और एक सेंट ज़मीन तक छोड़े बिना सारी ज़मीन की नीलामी करके चले गए।''

''यही मैं पूछ रहा हूँ। जितनी चादर हो, उतना ही पैर पसारना चाहिए। उतने बड़े-बड़े क़र्ज़ लिये ही क्यों थे?''

''बक्कि रेड्डी ने तुम्हारे भाई की तरह रंडीबाज़ी करने के लिए क़र्ज़ा नहीं लिया था। क़र्ज़ा लेकर पैसा कुएँ पर लगाया था उसने। अकाल पड़ा और लम्बे अर्से तक बारिश नहीं हुई, तो कुआँ सूख गया। धाँगड़ ने कहा कि कुएँ को दस फ़ुट और गहरा कर लो तो पानी निकलेगा। धाँगड़ ने कुएँ को दस फ़ुट और गहरा तो किया, मगर पानी न निकला।''

''कहाँ से निकलेगा? सिर पर शनि देवता बैठा हो तो पानी कहाँ से निकलेगा?''

''क़र्ज़े के लिए अर्जी मुझसे ही लिखवाई थी भाई! इन पापी हाथों से मैंने ही अर्जी लिखी थी। लिखने से पहले मैंने समझाया था कि ये बैंक वाले लाशों तक को खा जानेवाले लोग होते हैं भाई! इतने हज़ार रुपए वापस करने की ज़िम्मेदारी जाने कैसे निभाओगे। बक्कि रेड्डी एक ही बात कहता था। 'फिर मैं क्या करूँ भैया? कुएँ की तली में आक की झाड़ियाँ उग आई हैं। हल को दीमक चाट रही है। बैलों के कन्धों पर रोएँ बढ़ते जा रहे हैं। रेड्डी जात में पैदा हुआ आदमी कब तक हाथ पर हाथ धरकर बैठा रह सकता है, बताओ? तुम लिखो तो!' यह उसने कहा था। बारह हज़ार...एक नहीं, दो नहीं...बारह हज़ार उधार लिया।''

''उतने हज़ार ख़र्च करके भी कुएँ में पानी नहीं निकला?''

''पानी की बात तो दूर, कुएँ की तली में नमी तक देखने को नहीं मिली। लेकिन वह आदमी साँड़े की तरह अपने इरादे से चिपका ही रहा। ढीला नहीं पड़ा। कुएँ को दस फ़ुट और गहरा करवा दिया। मैंने फिर एक बार समझाया, 'गले तक क़र्ज़े में डूबते जा रहे हो। इतना क़र्ज़ा किस तरीक़े से चुकता करोगे? यह सोचो!' मूँछों पर ताव देते हुए उस आदमी ने कहा था, 'कुएँ में पानी तो निकलने दो पटवारी जी, तब देखना। पहली फ़सल में ही आधा क़र्ज़ा चुकता हो जाएगा। दूसरी फ़सल में

बाक़ी क़र्ज़ा भी ख़त्म हो जाएगा। दो, सिर्फ़ दो साल में रुक्का वापस लाकर तुम्हें नहीं दिखाया तो मेरा नाम बक्कि रेड्डी नहीं है। तुम क़लम उठाकर लिखो तो।' बारह हज़ार रुपए और ले आया। वे रुपए भी कुएँ के ही पेट में गए। बीस फ़ुट गहरी ख़ुदाई करवाकर भी उसमें पानी-वानी कुछ नहीं निकला।''

''पानी निकलेगा ही, इतना भरोसा उनको किसने दिया था?''

''सुनते हैं कि धाँगड़ ने दिया था। कुएँ की तली में कान लगाकर सुनने के बाद उसने कहा था, 'मालिक, अग्निकोण में गंगा का बहाव साफ़ सुनाई पड़ रहा है। पीछे मत हटो। दस फ़ुट और खुदवाओगे, तो गंगा ही गंगा है। उसके बाद सात साल तक अकाल पड़े, तब भी आधा इंच भी पानी कम नहीं होनेवाला।' सुनते हैं कि उसने यह कहा था। इस बावले ने उस बात को ख़ूब ज़ोर से पकड़ लिया।'' पटवारी ने कहा।

''धाँगड़ यह नहीं कहेगा, तो और क्या कहेगा? उसने कहा भी तो इनकी अक्ल को क्या हो गया था?'' ग्रामवासी ने सवाल किया।

''ग्रहों का फेर और करमों का फल है भाई और कुछ नहीं। जब ग्रह बुरे होते हैं, तब कोई अक्ल काम नहीं करती। युधिष्ठिर के पास अक्ल नहीं थी क्या जो जुआ खेलने गया था। ग्रह बुरे हों, तो ऐसा ही होता है।'' पटवारी ने कहा और मेज़ पर रखे रजिस्टर को देखता हुआ चुपचाप बैठ गया।

ग्रामवासी बेंच के ऊपर बेचैनी से ऐसे हिला जैसे यहाँ आने का उसका काम अचानक याद आ गया हो और बोला, ''ठीक है...अब मेरा क्या करने जा रहे हो यह बताओ पटवारी जी, मेरी ज़मीन की नपाई करने कब आओगे?''

''ज़मीन जाएगी कहाँ रे? चोबदार को साथ लाकर घड़ीभर में नपवा दूँगा। चार दिन सब्र कर। सवेरे से मेरा पेट भारी-भारी-सा लग रहा है। जब से बक्कि रेड्डी की बात सुनी है, तब से हर वक़्त मन बहकता रहता है। चार दिन ठहरकर आना।''

ग्रामवासी धीरे-से उठा और 'ठीक है' की बुदबुदाहट के साथ अँगोछा कन्धे पर डालकर गली में निकल गया।

10

बक्कि रेड्डी का दिमाग़ चल गया है, यह ख़बर वीरय्या के कान में पड़ी।

वीरय्या धाँगड़ों के खेड़े का मुखिया है। खेड़े में क़रीब पन्द्रह झोंपड़े हैं। कुएँ खोदना, तालाबों के कगार उठाना, पत्थर के खम्भे गढ़ना, बजरी-कंकड़ के लिए पत्थर तोड़ना जैसे काम आम तौर पर इस खेड़े के लोग करते हैं। इस इलाक़े में जितने भी सिंचाई के कुएँ या पीने के पानी वाले कुएँ हैं, वे सब इन्हीं लोगों के खोदे हुए हैं। ये लोग अलग-अलग कोई काम नहीं करते। जत्था बनाकर काम करते हैं। कुछ काम दिहाड़ी पर करते हैं तो कुछ काम ठेके पर ले लेते हैं। निर्णय कोई भी हो, खेड़े का मुखिया वीरय्या ही करता है।

सवेरे का उजास सब जगह फैल गया। वीरय्या खाट से उठ पड़ा। खजूर की चटाई को लपेटकर उसने उसे झोंपड़े की दीवार से सटा दिया। खाट को उठाकर दीवार के साथ खड़ा कर दिया। फिर वह झोंपड़े के अन्दर गया और ताड़ी की मटकी के साथ बाहर आकर चबूतरे पर बैठ गया। फिर मटकी को मुँह से लगाकर गट-गट गटकते हुए आधी मटकी ख़ाली करके उसने उसे चबूतरे पर रख दिया।

सारा दिन मिट्टी खोदते, पत्थर चीरते गुज़रने से सूरज के डूबने तक उसके बदन का एक-एक जोड़, एक-एक पेशी दर्द करने लगती है। उस दर्द से राहत पाने के लिए वह रोज़ शाम को भरपेट ताड़ी पीता है।

लेकिन आज सवेरे से ही वह जो ताड़ी पी रहा है, इसका कारण बदन का दर्द नहीं है। आधी रात को उसे बक्कि रेड्डी वाली बात मालूम हो गई थी। तब से उसकी आँखों की नींद उड़ी हुई थी। आकाश में भोर

का तारा जब प्रकट हुआ था, ढाबे के नीचे जब मुर्ग़े ने पहली बाँग दी थी, पूरब की दिशा में जब उषा की किरणें फैली थीं, तब वह खाट पर पड़ा-पड़ा आँखें खोले रहा। सवेरा हुआ तो ठीक से सो न पाने से उसकी आँखें लाल हो आईं।

मूँछों से लगी ताड़ी की बूँदों को पोंछते हुए, "धत्, इतना खुले दिलवाला शाही आदमी भिखारी बन गया!" वह बुदबुदाया। फिर मटकी उठाकर उसे उसने फिर से मुँह से लगा लिया। पिछवाड़े मिट्टी के बरतन माँज रही उसकी बीवी हाथ रोककर उसकी ओर देखने लगी। उसने थोड़ी देर सवालिया निगाह से उसकी ओर देखा और सिर घुमाकर अपने काम में लग गई। वीरय्या ने मटकी ख़ाली की और अलगनी पर से अँगोछा खींचकर सिर पर लपेट लिया। तभी गली का मोड़ काटकर उसी की तरफ़ आ रहे एक किसान पर उसकी नज़र पड़ी। वीरय्या सूरज की रोशनी से आँखों को बचाने के लिए माथे पर हाथ रखकर देखने लगा।

किसान के नज़दीक आने पर उसने पूछा, "आप हैं सरकार! क्या बात है, इतने सवेरे-सवेरे आ गए?"

"काम पड़ा है तुमसे। यह सोचकर कि दिन चढ़ने के बाद तुम घर पर मिलो न मिलो, सवेरे-सवेरे आ गया हूँ।"

"क्या काम है महाराज?" वीरय्या ने पूछा। फिर उसने चबूतरे पर से मटकी उठाकर नीचे रखी और कहा, "यहाँ बैठिए महाराज!"

चबूतरे पर बैठकर किसान ने कहा, "कुएँ को पाँच-दस फ़ुट और गहरा करना है रे! तली में नमी तो दिख रही है, लेकिन पानी चुल्लूभर भी नहीं है। चार दिन और बीत गए तो यह नमी भी सूख जाएगी और नीचे दरारें पड़ जाएँगी।"

सिर उठाकर वीरय्या आसमान को एक छोर से दूसरे छोर तक देखता रहा।

"आँखें उलट क्यों रहे हो रे?" किसान ने पूछा।

सिर झुकाकर वीरय्या ने कहा, "बदरी तो लगातार उमड़ रही है महाराज! सावन का महीना भी ख़त्म होने को है। मालूम पड़ता है कि इस

बार ज़रूर बारिश होगी। बारिश अगर हुई तो ज़मीन के भीतर पानी भर जाएगा और कुओं में पानी आ जाएगा। तब तक थोड़ा सब्र कर लें तो अच्छा रहेगा शायद, यही सोच रहा था।''

लम्बी साँस छोड़कर किसान ने कहा, ''यही सोचते-सोचते तो दो बरस बीत गए हैं रे! दो बरस! करने को कुछ काम न होने से हाथ सुन्न-से होने लगे हैं। कुछ दिन और बीत जाएँ तो यह भी भूल जाएँगे कि दायाँ बैल कौन-सा है और बायाँ कौन-सा। इतना होना तो पक्का ही है।'' वीरय्या के चेहरे में आँखें गड़ाकर उसने फिर कहा, ''वह बात छोड़ो! लेकिन क्या बात है रे वीरय्या, तुमको कुआँ गहरा करने का काम मैं दे रहा हूँ, तो मना क्यों कर रहे हो? करने का मन न हो, तो बताओ। दूसरे किसी गाँव से आदमी बुला लूँगा।'' सुनकर वीरय्या ने तुरन्त कहा, ''वह बात नहीं है महाराज, कुआँ खोदने के लिए नहीं तो धाँगड़ का जनम और किसलिए हुआ है?'' सिर खुजाकर उसने आगे कहा, ''दस नहीं, बीस फ़ुट भी नीचे चले जाएँ तब भी पानी निकलेगा ही, इसकी क्या गारंटी है? उन बक्कि रेड्डी का हाल देखो!''

हाथ से आसमान की ओर इशारा करते हुए किसान ने कहा, ''सब उसकी माया है। लेकिन मुझे जो करना है, वह न करूँ, तो कल पेट में दाना कहाँ से जाएगा? कुएँ को सूखा ही छोड़ दूँ और ज़मीन को जोतूँ ही नहीं, इस तरह हाथ मलता हुआ मैं भी कितने दिन बैठा रह सकता हूँ बताओ?''

वीरय्या ने जवाब दिया, ''बक्कि रेड्डी ने भी यही बात कही थी महाराज! कुएँ में पानी भरना चाहिए। ख़र्चा करने से पीछे हटूँगा नहीं। कुछ नहीं तो साँप के मुँह में उँगली देकर भी कहीं से क़र्ज़ा करके लाऊँगा। यह कहा था उन बावले महाराज ने। पहले दस फ़ुट तक नरम पत्थर निकला। बाद के दस फ़ुट में सख़्त पत्थर, और नीचे गए तो मकराना का पत्थर निकला। जब से होश सँभाला है, तब से ही मैं कुएँ खोद रहा हूँ। एक बार मकराना निकला, तो पानी के निकलने की बात भूल ही जाओ। आगे और चाहे कितना गहरे जाओ, पानी नहीं निकलेगा।

मैं जानता हूँ। यही बात मैंने बक्कि रेड्डी को बताई। उन महाराज को यक़ीन नहीं आया। दूसरे गाँव से दो धाँगड़ों को बुलवा लिया। सीढ़ियाँ उतरकर दोनों अन्दर गए और कुएँ की तली में हथौड़े से ठोक-ठोककर टोह ली। कहीं भी मारो, मकराना ही बोलता था। सीढ़ियाँ चढ़कर दोनों ऊपर आए और जो बात मैंने कही थी, वही बात बक्कि रेड्डी से उन लोगों ने भी कही। बस महाराज, आगे क्या होना था? देखते-ही-देखते उनकी आँखों से छिगुनी जितनी मोटी आँसुओं की धार बहने लगी। शेर जैसा आदमी मासूम बच्चा जैसा हो गया। कुएँ के किनारे बैठकर रोते हुए कहने लगे, 'अब मेरी ज़िन्दगी का क्या होगा रे वीरय्या! हल की मूँठ पकड़ने का मेरा दिन अब इस ज़िन्दगी में कभी आएगा क्या?' सोचता हूँ तो पेट में ज़ोर की मितली-सी होने लगती है।''

मटकी में झाँककर किसान ने कहा, ''इसीलिए दिन ठीक से निकलने से पहले ही तुमने एक मटकी ख़ाली कर दी है!'' कुछ देर चुप रहने के बाद मुँह चुभलाकर वह फिर बोला, ''यह सब सोचकर तुम क्यों मन ख़राब करते हो रे! यहाँ कौन-सी चीज़ हमेशा क़ायम रहनेवाली है? न ज़मीन हमेशा क़ायम रहने वाली है, न आदमी ही हमेशा रहने वाला है।'' चबूतरे से उतरकर उसने फिर कहा, ''कोई मिसाल है न कि भिखमंगा आएगा, यह सोचकर किसी औरत ने अदहन चढ़ाना छोड़ दिया! सब छोड़-छाड़कर इस तरह बैठने से हमारा काम कैसे चलेगा? तुम यह बताओ कि काम कब शुरू कर रहे हो?''

''तुम जिस दिन कहो, उस दिन शुरू करूँगा महाराज!''

चबूतरे से अँगोछा हाथ में लेते हुए किसान ने कहा, ''मैं क्या कहूँगा, कुआँ खोदने के औज़ार तो तुम्हारे ही पास हैं। तुम्हें कब सुभीता होगा, यह तुम्हीं बताओ?''

''आज शुक्रवार है न महाराज! दो दिन ठहरकर सोमवार को शुरू करूँगा। उस दिन सवेरे-सवेरे अपने आदमी लाकर कुएँ में उतारूँगा।''

''अब पैसे की बात बताओ। फी फ़ुट क्या लोगे?''

ज़मीन की तरफ़ ताक़ता हुआ वीरय्या गुमसुम बैठा रहा।

"ऐसे क्यों चुप हो गए जैसे जीभ में काँटा गड़ गया हो? पैसे की बात बताओ न?"

"पैसे की बात अभी रहने दो महाराज! पानी निकलने के बाद बात कर लेंगे।" उठते हुए वीरय्या ने कहा।

पगड़ी लपेटते-लपेटते किसान सहसा रुककर बोला, "अरे, कैसी अजीब बात है? रेट क्या होगा, पेशगी क्या होगी, यह सब बिना तय किए कुआँ खोदने को राज़ी होने वाले धाँगड़ को मैंने आज तक नहीं देखा। सवेरे-सवेरे धतूरे के बीज तो नहीं चबाए थे तुमने?"

"रातभर सोचता ही रहा हूँ महाराज! आप किसान हैं, बड़े लोग हैं! आपसे छिपा ही क्या है? बाँहों की ताक़त ही हमारी जायदाद है। भेड़ों के भेद गड़रिया जानता है। हमारी तकलीफ़ें आप लोग जानते हैं। कुएँ में पानी निकला, तो हमें इनाम दे देना। नहीं निकला, तो हमारी मेहनत देखकर जो समझ में आए, वह दे देना।"

"वाह भाई वाह, क्या बात कही तुमने! ठीक है, जो तुमने कहा, वही सही। सोमवार को सवेरे कुएँ के पास तुम लोगों की बाट देखूँगा। औज़ार लेकर आ जाना।" कहकर किसान ने पगड़ी कसकर बाँधी और पीछे मुड़कर "कोई शक नहीं। तुमको बक्कि रेड्डी का बुख़ार चढ़ा हुआ है। इसमें कोई शक नहीं।" बुदबुदाता हुआ गली में से निकल गया।

11

बक्कि रेड्डी का दिमाग़ चल गया है, यह ख़बर नम्बरदार के कान में भी पड़ी।

नम्बरदार रोज़ की तरह बाँसभर दिन चढ़ने तक अपनी कचहरी में पहुँच गया। कचहरी का बरामदा पूरा धूल-मिट्टी से अँटा पड़ा है। आमतौर पर चोबदार एक घंटा पहले ही आकर कचहरी के बरामदे में अच्छी तरह झाड़ू-बुहार करके बरामदे की सीढ़ियों पर बैठा नम्बरदार की

राह देखता रहता है। नम्बरदार से सलाह करने या दूसरे कामों से आए हुए लोग बरामदे में दीवार से टेक लगाए बैठे रहते हैं। लेकिन कचहरी का बरामदा आज सुनसान पड़ा है।

कचहरी का ताला खोलकर नम्बरदार कुर्सी पर बैठ गया और दीवारों और खिड़कियों की तरफ़ देखता रहा। उसे ऐसा मालूम होने लगा जैसे वह पाताल लोक की किसी सुनसान गुफा में या जेल की किसी कोठरी में बैठा हो।

थोड़ी देर बाद चोबदार एक हाथ में घुँघरुओं वाली छड़ी और दूसरे हाथ में चप्पल लिए आया और कचहरी वाली कोठरी के सामने खड़े होकर कहा, "राम-राम मालिक!"

छड़ीदार देर से आया, इस बात को लेकर नम्बरदार उस पर बिगड़ा नहीं। ऊपर से यह पूछा, "क्या बात है?"

इस अनोखे प्रश्न पर विस्मित होते हुए छड़ीदार ने कहा, "लगान वसूली का काम अभी रहता है न मालिक!"

"कौन-सी वसूली रे?" अनासक्त भाव से नम्बरदार ने पूछा।

"पूर्णमासी तक लगान वसूली पूरी होनी चाहिए यह तो तुमने ही कहा था न मालिक! पूर्णमासी में अब तीन ही दिन बाक़ी हैं।" छड़ीदार ने जवाब दिया।

"ठीक है। पूर्णमासी के एकदम बाद तहसीलदार आएगा। लगान जमा करने को अभी कितने लोग बाक़ी हैं?"

"पाँच लोग हैं मालिक। बक्कि रेड्डी को छोड़कर अभी पाँच लोग हैं। दो दिन चक्कर लगाऊँ, तो वसूली पूरी हो जाएगी।"

"सुना है कि बक्कि रेड्डी का दिमाग़ चल गया है! मामला क्या है?" नम्बरदार ने पूछा।

"हाँ मालिक, यह बात मुझे भी आधी रात के बखत मालूम हुई थी। जब से मालूम हुई आँख लगी ही नहीं मालिक। सवेरे देख आया हूँ। ढोरों वाली मड़ई में जब से लेटा था, लेटा ही हुआ है। कुछ भी पूछो-ताछो, मुँह नहीं खोलता। जब खोलता है, तब भी पागलों जैसी बहकी-बहकी

बातें ही करता है।'' मुँह चुभलाकर उसने फिर कहा, ''जाने कैसी बात है मालिक। कैसी ज़मीन, उसका ऐसा कैसा मोह! सवेरे से मेरा मन बेचैन हो रहा है मालिक!''

नम्बरदार कुछ कहने को हुआ। लेकिन वह रुका और सिर झुकाकर सोचने लगा। उसी कचहरी में हुई नीलामियों में कितने ही किसानों ने अपनी ज़मीन खोई थी। नम्बरदार उन सबको नाम से भी जानता है। उनमें से कुछ लोग दिहाड़ी के मज़दूरों की ज़िन्दगी जी रहे हैं। कुछ लोग बटाईदार बने हुए हैं। कुछ लोग तो गाँव छोड़कर चले भी गए हैं। इतना ही नहीं, वह कुछ ऐसे किसानों को भी जानता है, जिन्होंने ज़मीन चली जाने के बाद अपने जीवन को निरर्थक माना था। ऐसे किसानों में बक्कि रेड्डी एक है।

इतिहास ऐसे राजाओं की कहानियों से भरा है, जिन्होंने अपना राज्य खो दिया था। ऐसे कई राजाओं ने साधारण नागरिकों का जीवन जिया था। कुछ लोगों ने शत्रुओं की अधीनता में बन्दी का जीवन भी जिया था। कुछ लोग अड़ोस-पड़ोस के राजाओं के आश्रित होकर भी रह गए थे। इनके अलावा ऐसे राजा भी हुए हैं, जिन्होंने राज्य खोने के बाद जीवन को व्यर्थ ही माना था। ऐसे लोगों में नम्बरदार के एक पूर्वज कोळंद रेड्डी भी हैं। कोळंद रेड्डी उस इलाक़े का जागीरदार था। बारह गाँव उसके अधीन थे। ब्रिटिश शासन ने एक-एक करके उन सभी जागीरदारों को अपदस्थ कर दिया था। कोळंद रेड्डी अकेला बच गया था। चार साल तक अंग्रेज़ों के ख़िलाफ़ वह अकेला ही संघर्ष करता रहा था। अन्त में अंग्रेज़ सैनिक तोपों और बन्दूक़ों से लैस होकर मद्रास से कूच करके आए थे। उस सेना के आक्रमण के सामने कोळंद रेड्डी की सैनिक टुकड़ियाँ छिन्न-भिन्न हो गईं। कोळंद रेड्डी बस्ती छोड़कर अपने चार-पाँच अनुयायियों के साथ एक गुप्त गुफा में जा छिपा था। बस्ती से एक कोस दूर पहाड़ की चोटी पर वह गुफा बड़ी-बड़ी शिलाओं से प्रकृति द्वारा निर्मित दुर्ग की तरह लग रही थी। भेदियों द्वारा इस बात का पता लगाकर अंग्रेज़ सैनिकों ने उस पहाड़ को घेर लिया। कोळंद रेड्डी के

पास आत्मसमर्पण करने का सन्देशा भिजवाया गया। पहाड़ी पर खाने-पीने का कोई सामान न पहुँच पाए, इसका पक्का बन्दोबस्त किया गया। इस तरह आठ दिन बीत गए। भूख-प्यास ने कलपाया तो कोळंद रेड्डी के अनुयायी एक-एक करके पहाड़ से उतर आए और हथियारों समेत आत्मसमर्पण कर दिया। यह मालूम होने के बाद भी कि पहाड़ पर जागीरदार अकेला ही बचा हुआ है, अंग्रेज़ सैनिक पहाड़ पर चढ़ने का साहस नहीं कर सके। नौवें दिन पर्वत शिखर पर आकाश में उड़ते गिद्धों पर उनकी नज़र पड़ी। तब बन्दूकें तानकर चारों दिशाओं से धीरे-धीरे चढ़ते हुए पहाड़ पर जब तक वे पहुँचे, तब तक सूरज बीच आसमान में पहुँच चुका था। वहाँ खंज़र भोंककर गुफा के सामने रक्तकुंड में पड़ा हुआ कोळंद रेड्डी उनको दिखाई पड़ा।

नम्बरदार सिर झुकाए कुर्सी पर बैठा सोच रहा है।

"दिन चढ़ा जा रहा है मालिक! वसूली के लिए जाऊँ?" छड़ीदार ने पूछा।

नम्बरदार ने सिर ऊपर उठाया। मन में उठ रही भावनाओं को छड़ीदार से बाँटने का उसका मन नहीं हुआ। लम्बी साँस लेकर उसने कहा, "वसूली पर अभी क्या जाना? चार दिन ठहर जा। तहसीलदार को कुछ समझाकर भेज दूँगा। तू जा और अपना कोई काम हो तो कर ले।"

छड़ीदार को कुछ समझ में नहीं आया। वह पीछे मुड़ा और धीरे-से बरामदे की सीढ़ियाँ उतरकर चला गया। कुर्सी में पसरकर बैठे नम्बरदार ने आँखें बन्द कर लीं और कनपटियों पर हाथ रख लिये।

12

आधा आसमान बादलों से भरा हुआ है। बादल कुछ सफ़ेद हैं तो कुछ काले हैं और कुछ गेरुए रंग के हैं। कुछ बादलों का आकार बरगद के पेड़ जैसा है तो कुछ आदमी के सिर के आकार के हैं।

देखकर ऐसा भ्रम हो रहा है जैसे चराचर पृथ्वी का रूप आकाश में प्रतिबिम्बित हो रहा हो। पृथ्वी पर का जीवन अशाश्वत है। निरन्तर परिवर्तित होते रहना उसका धर्म है। उससे सम्बन्धित भ्रम और अधिक अशाश्वत है। वह और तेज़ी से परिवर्तित होता रहता है।

घड़ीभर पहले जिन बादलों का रंग सफ़ेद था, वे अब काले रंग में और घड़ीभर पहले जो काले थे, वे अब गेरुए रंग में रँगते जा रहे हैं। पहले जो बादल बरगद के पेड़ के आकार के थे, वे हाथी के रूप को और जो हाथी के आकार के थे, वे मनुष्य के सिर के आकार को ग्रहण करते जा रहे हैं। इस प्रकार अपने रूप और रंग को बदलते हुए ये बादल धीरे-धीरे ईशान की ओर बढ़ते जा रहे हैं।

बक्कि रेड्डी गर्भस्थ शिशु की तरह सिकुड़कर खटिया पर लेटा है। उसकी छाती मन्द-मन्द उठती-गिरती दिखाई दे रही है। बन्द पलकों के नीचे पुतलियाँ हिल-डुल रही हैं। पिछले दिन से तरह-तरह के लोग उसका हाल पूछने मड़ई में आ-जा रहे हैं। उसके और पत्नी के सम्बन्धी, साथी किसान और हितैषी। लेकिन अब उसके और उन लोगों के बीच कई योजनों का फ़ासला पसर गया है। कई युगों का अन्तर हो गया है। मड़ई से बैलों की आहट और मौलश्री के पेड़ से गौरैयों की किच-किच आकर उसके कान में पड़ रही है। लेकिन उन आवाज़ों से या इस संसार के करोड़ों-करोड़ों प्राणियों में से किसी भी प्राणी से न उसकी कोई समता है, न कोई नाता।

इस विशाल संसार में उसकी तरह का प्राणी अगर कोई है तो मात्र कोठे पर का चमगादड़ ही शायद है!

चमगादड़ अभी बाहर निकलने वाला नहीं है। सूरज के डूबने और अँधेरा छाने के बाद वह कोठे से बाहर आता है। जब तक मन करता है, तब तक मड़ई में चक्कर काटता रहता है। फिर पंख फड़फड़ाता बाहर निकल जाता है। हरे-भरे मैदानों में पतंगों और भौंरों को वह पकड़कर खाता है। साथी चमगादड़ों से मिलकर घाटियों और नालों पर उड़ता रहता है। अपने मित्रों से किच-किच करके बात करता है। सलाह-मशविरा

करता है। उनके साथ मिलकर चूहों और गिलहरियों का शिकार करता है। शिकार में जो मिलता है, उसे अपने दोस्तों के साथ मिलकर आनन्द से खाता है। दोस्तों के साथ गाते-खेलते पूरी रात बिता देता है। पूरब में उजास दिखाई पड़ते ही मित्रों से विदा लेकर वह लौट पड़ता है और सूरज के प्रकट होने से पहले ही अपने कोटर में घुस जाता है।

जीने की इतनी प्रबल इच्छा रखने वाले चमगादड़ से अपनी तुलना करना असंगत है, ऐसा बक्कि रेड्डी को लगा।

उसके जैसा निरर्थक जीवन अतीत में या वर्तमान में किसी ने जिया नहीं है। भविष्य में भी कोई जिएगा नहीं। वह ज़मीन से घुटनेभर ऊँचाई पर खटिया पर पड़ा रहे या ज़मीन में घुटनेभर गहराई में शव के रूप में पड़ा रहे, बात एक ही है। सुनते हैं कि ज़मीन पर जितने लोग हैं, आकाश में उतने ही तारे हैं और एक आदमी की मौत होते ही एक तारा टूटकर गिरता है। मेरा वाला तारा जाने कब टूटकर गिरेगा। शायद वह टूटकर गिरने के लिए तैयार है। आशा से इन्तज़ार करने के लिए जिसके आगे कुछ न हो, जीने की इच्छा जिसमें ज़रा भी बची न हो, वह मरे हुए के बराबर ही तो होता है! मौत के बारे में, परलोक के बारे में उसे कुछ नहीं मालूम। त्योहारों के मौक़ों पर किए जाने वाले कथा-वाचनों में पंडित को इन चीज़ों के बारे में बताते हुए उसने सुना है। लेकिन उसने कभी इन बातों की ओर ध्यान नहीं दिया है। वह यही सोचा करता था कि इन बातों को जानने की और याद रखने की ज़िम्मेदारी तो पंडित की ही होती है।

अब मरने के बाद बहुत-सी बातें होंगी। उनमें सबसे अहम है पिता से मिलना। उस पर नजर पड़ते ही पिता बहुत-सी बातें पूछेंगे, ख़ासकर ज़मीन के बारे में।

खटिया पर लेटे बल्कि रेड्डी ने हठात् आँखें खोलीं। फिर उठकर ऐसे बैठ गया जैसे किसी ने पीठ पर कोड़े मारे हों।

लगा कि बहुत देर से उसे कोई बुला रहा है।

"बक्का! रे बक्का!" एक स्वर पुकार रहा है। पुकारकर पूछ रहा है, "ज़मीन का क्या किया रे बक्का, तूने?" यह कंठस्वर किसका है?

उसके पिता का ही! हाँ, उसके पिता का ही है।

खटिया पर से बक्कि रेड्डी सहसा उठ पड़ा और मड़ई के बाहर आ गया। मड़ई की दीवार के पीछे और मौलश्री के पेड़ के पीछे झाँककर उसने देखा। वहाँ कोई नहीं था। लेकिन वह कंठस्वर तो सुनाई पड़ रहा था। कभी स्पष्ट तो कभी अस्पष्ट। उसने सिर उठाकर आकाश की ओर ताका।

आकाश में उसके पिता का चेहरा दिखाई पड़ रहा है। वे चौख़ाना तौलिया सिर में लपेटे हुए हैं। लगातार तम्बाकू चबाते रहने से सफ़ेद हुई उनकी घनी मूँछें दिखाई पड़ रही हैं। वह चेहरा उसी की ओर देखता हुआ पूछ रहा है, "ज़मीन का तूने क्या किया है रे बक्का?"

देर तक लेटे रहने के बाद अचानक खड़े होने से बक्कि रेड्डी की आँखें चकराने लगीं। उनमें अँधेरा छा गया। शरीर पर क़ाबू नहीं रहा तो वह लकड़ियों के गट्ठर की तरह पट से एक ओर को गिर पड़ा। गिरने की आवाज़ से बिदककर मड़ैये में बँधे बैल उठकर खड़े हो गए।

आकाश में मनुष्य के आकार में फैले बादल ने और फैलकर धीरे-धीरे हाथी का आकार ले लिया। देखते-देखते वह बरगद के पेड़ में बदल गया। अपने आकार और रंग बदलते हुए अनेक बादल ईशान की ओर बढ़े जा रहे हैं।

बादलों के पीछे से बिजली के कड़कने की आवाज़ बीच-बीच में कभी स्पष्ट तो कभी अस्पष्ट सुनाई दे रही है।

13

खटिया पर पड़े बक्कि रेड्डी को होश आया। उसके सिर के नीचे मोटा-सा तकिया लगाया गया था। पत्नी उसके तलुओं और हथेलियों में किन्हीं पत्तों के रस का लेप कर रही थी। फिर उसने एक गिलास में गरम-गरम दूध लाकर थोड़ा-थोड़ा करके उसे पिलाना शुरू

किया। एक गिलास दूध पीने के बाद बक्कि रेड्डी की आँखें पूरी तरह खुल गईं। उसकी खुली आँखों को देखकर पत्नी का चेहरा खिल उठा। कुछ बोलकर और कुछ हाथों के इशारे से वह पति से बात करने की कोशिश करती रही। पत्नी की बातें बक्कि रेड्डी को सुनाई नहीं पड़ रही थीं। उसके इशारे भी उसकी आँखों को ठीक से दिखाई नहीं दे रहे थे।

आँखों के सामने उसके पिता का चेहरा सर्वव्यापी होकर दिखाई पड़ रहा है। उसके कानों में पिता का प्रश्न पृथ्वी और आकाश में गूँजता हुआ-सा सुनाई पड़ रहा है।

शरीर छोड़ने से पहले पिता ने मामाजी से आख़िरी बात जो कही थी, वह ज़मीन को लेकर ही थी, "यह अभी नादान है। अच्छा-बुरा नहीं समझता। इसे ज़मीन पर आँच नहीं आने देनी चाहिए।" तब उसने बड़ी अकड़ और शान के साथ छाती फुलाकर पिता की आँखों में सीधे देखते हुए कहा था, "ज़मीन पर मैं क्यों आँच आने दूँगा? जिस तरह पलक आँख की हिफ़ाज़त करती है उसी तरह हिफ़ाज़त करूँगा। मैं किसी रेड्डी का जना हुआ हूँ या किसी ऐरे-ग़ैरे का जना हुआ?"

लेकिन पिता को दिए वचन का पालन करने में वह बुरी तरह असफल रहा है। इस असफलता का भार सिर पर लेकर वह पिता का मुँह कैसे देख सकता है? पिता के प्रश्नों का क्या उत्तर दे सकता है? इस मामले में कौन उसकी मदद कर सकता है?

उसने गाँव के लोगों को नाम ले-लेकर याद किया। किसान, पेशेवर लोग, पटवारी, बनिया, छड़ीदार, अध्यापक और कई मित्रों और आप्त जनों का उसने स्मरण किया।

लेकिन उनमें से कोई भी उसकी मदद नहीं कर सकेगा। ये सब तो इस लोक से नाता रखनेवाले लोग हैं। उसके और उसके पिता के बीच पैदा हुई समस्या का समाधान वे कैसे सुझा सकते हैं? शायद देवता लोग सुझा सकते हों। पंडित ने कहा था कि देवताओं की संख्या तीन करोड़ है और सूरज भी उनमें से एक है। आदमी का पूरा दिन जो बीतता है, वह सूरज से मिलने वाली धूप में बीतता है। पूरी रात जो बीतती है, वह उसके

छोटे भाई द्वारा मिलने वाली चाँदनी में बीतती है। ऐसे में क्या वह सूरज से सलाह नहीं ले सकता? क्या सूरज उसे इसका मौक़ा देगा?

बक्कि रेड्डी की मंत्रमुग्ध-सी आँखें आले के अँधेरे में स्थिर हो गई हैं। उसके विचार पिए हुए आदमी की बकझक की तरह, ज्वरग्रस्त व्यक्ति के सन्धि-प्रलाप की तरह बेतरतीब चल रहे हैं।

बक्कि रेड्डी के विचार बेतरतीब इस तरह चल रहे थे कि सूर्योदय हो गया। सूरज की तिरछी किरणें उसके शरीर पर आकर पड़ने लगीं। उसे ऐसा मालूम हुआ जैसे वे किरणें उसे थप-थपाकर जगा रही हों। आँखें खोलकर वह खटिया पर उठ बैठा।

गाँव के पूरब में स्थित पर्वत माला के ऊपर से सूर्योदय हो रहा है। सूर्य बिम्ब सम्पूर्ण वर्तुलाकार में है। वह सुहागिन के माथे की कुमकुम की बिन्दी की तरह लाल-लाल दमक रहा है।

बक्कि रेड्डी सूर्य बिम्ब को अपलक देखता रहा। देखते-देखते सूर्य बिम्ब के सामने एक काली आकृति उसे दिखाई पड़ी। वह आँखें मिच-मिचाकर देखने लगा। उसे ऐसा लगा जैसे वह काली आकृति सूर्य बिम्ब से कूदकर बाहर आ गई हो। धीरे-धीरे बड़ी होती हुई वह इधर ही आ रही है। बक्कि रेड्डी खटिया पर सीधे बैठकर देखने लगा। कुछ देर बाद उसकी समझ में आ गया कि वह काली आकृति एक घोड़े की है। वह घोड़ा धीरे-धीरे गली में से आकर मड़ई के सामने रुक गया। घोड़े पर नम्बरदार बैठा हुआ है। रकाब में पैर रखकर वह नीचे उतरा और मड़ई की दिशा में क़दम बढ़ाने लगा।

"अरे, तुम हो भैया! आओ, आओ। मैं जानता था कि तुम आओगे। तुम क्यों आए हो, यह मैं जानता हूँ। तुमको किसने भेजा है, यह भी मैं जानता हूँ।" बल्कि रेड्डी ने कहा।

"मुझे कोई क्यों भेजेगा रे? मैं ही चला आया हूँ। सुना है कि कल शाम से तुम कुछ अजीब-अजीब-सी हरकतें कर रहे हो..."

बक्कि रेड्डी ने नम्बरदार की बात पूरी नहीं होने दी। वह बीच में ही बोला, "मैं सब जानता हूँ। तुमको भगवान ने भेजा है। मुझसे बात

करने के लिए भेजा है। तुमसे बहुत बातें करनी हैं। आओ, यहाँ बैठो।'' कहते-कहते बक्कि रेड्डी ने बाँह पकड़कर उसे खटिया पर बिठा लिया।

बक्कि रेड्डी का दिमाग़ चल गया है, यह बात नम्बरदार ने कल रात सुनी थी। अब स्वयं देख रहा था। बक्कि रेड्डी को वह ऐसे देखने लगा जैसे किसी अबोध बालक को देख रहा हो।

''मैं एक चीज़ माँगता हूँ भैया! देने का वादा तुमको करना होगा। मैं जानता हूँ कि तुम दोगे। तुम आए ही इसलिए हो। माँगूँ?'' बक्कि रेड्डी ने पूछा।

''माँगो, जो माँगना है।''

''मैं क्या माँगने जा रहा हूँ, यह तुमको मालूम है। लेकिन ऐसे बात कर रहे हो, जैसे कुछ मालूम न हो। फिर भी बताता हूँ सुनो!'' कहकर बक्कि रेड्डी खटिया पर पालथी मारकर बैठ गया और बोला, ''मेरी ज़मीन अब तुम्हारी है। एक या दो नहीं, पूरे चौदह एकड़। एक सेंट भी कम नहीं। वह चौदह एकड़ ज़मीन अब तुम्हारी है। उस ज़मीन में थोड़ी-सी जगह मेरे लिए छोड़ देनी होगी भैया! उस पेड़ के नीचे इधर चार हाथ और उधर चार हाथ मेरे लिए छोड़ देनी होगी।''

''किसलिए? इत्ती-सी ज़मीन का क्या करोगे?''

''वह भी तुम जानते हो। जानकर भी पूछ रहे हो। तुमने पूछा है, इसलिए बताता हूँ सुनो!'' बक्कि रेड्डी कुछ पल रुका और फिर कहने लगा, ''एक-दो दिन में मेरा चोला छूटने वाला है भैया! अब मेरा यहाँ क्या काम? ज़मीन जाने के बाद इस धरती पर मेरा क्या काम? परान निकलने के बाद इस चोले को मेरी ज़मीन में उस पेड़ के नीचे गाड़ देना। यह काम तुमको ही पास खड़े होकर करवाना होगा। मुझसे वादा करो भैया! वादा करो कि यह काम करा दूँगा।''

''यह कौन-सी बड़ी बात है रे! चार हाथ क्यों, दो कूँड़ ज़मीन छोड़ दूँगा। तुम यह पागलों जैसी बातें छोड़कर दिमाग़ को ठिकाने पर ले आओ।''

''बस भैया, बस! तुमने वादा किया। यही बहुत है। मेरे मुँह में तुमने घी-शक्कर डाल दिया है। मेरे पेट में दूध डाल दिया है। अब मैं अपने पिता

से डरूँगा नहीं। पिता का चेहरा पकड़कर मैं ही मज़ाक़ बनाऊँगा। मरने से पहले पिता को मैंने वादा किया था भैया, कि जिस तरह पलक आँखों की हिफ़ाज़त करती है, उसी तरह ज़मीन की हिफ़ाज़त करूँगा। कल मुझे देखते ही पिता पूछेंगे, 'ज़मीन का क्या किया रे बक्का, तूने ?' तब मैं कहूँगा, 'क्या किया है ? यह देखो ! ज़मीन में ही लेटा हुआ हूँ। जिस तरह नाख़ून उँगली की रक्षा करता है, उसी तरह ज़मीन की रक्षा कर रहा हूँ। देखो, तुम ख़ुद देखो !' अब मुझे अपने पिता से डरने की कोई ज़रूरत ही नहीं है भैया।"

नम्बरदार बक्कि रेड्डी की बातें ऐसे सुनने लगा जैसे उसके लिए अबूझ किसी भाषा में चल रहा वार्तालाप सुन रहा हो।

"अब तुम जाकर अपने काम देख लो भैया! दिन चढ़ता जा रहा है। तुमको हज़ार काम होते हैं। अब जाकर तुम अपने काम से लगो।" कहकर बक्कि रेड्डी ने पैर सीधे पसारे और खटिया पर चित होकर धीरे-से आँखें बन्द कर ली।

धीरे-धीरे अपनी लालिमा को खोता हुआ सूरज आकाश पर रेंगने लगा। मड़ई की छाया क्रमशः नीचे उतरकर बक्कि रेड्डी के ऊपर फैलती गई। उस छाया ने धीरे-धीरे उसके माथे को, चेहरे को, गर्दन, छाती, कमर, जाँघों और पैरों को, उसके पूरे शरीर को ही ढक दिया।

आकाश में घने बादल छाते जा रहे हैं। सिर उठाकर दिगन्तों तक कितना भी ढूँढ़ो, हथेली-भर नीला आकाश दुर्लभ है। विभिन्न आकार-प्रकार के बादल प्रकट हो गए हैं। अब वे ईशान की दिशा में अग्रसर नहीं हैं। जहाँ-तहाँ निश्चल, गम्भीर और रहस्यमय रूप से उपस्थित मात्र हैं। उनके पीछे विराजमान सूरज की किरणें सीधे आकर ज़मीन को छू नहीं रही हैं; दिगन्तों के पास परावर्तित होकर ही ज़मीन पर उतर रही हैं। सूरज का उजास थोड़ी देर तक भगवे रंग में, तो थोड़ी देर तक सफ़ेद चाँदनी की तरह झिलमिला रहा है। ज़मीन पर इन्द्रजाल की तरह पसरे उस उजास को देखकर कुत्ते 'भौं...भौं...' करते हुए गलियों में टेढ़े-मेढ़े दौड़ने लगे हैं। मैदानों में पशु नथुनों को फड़काते हुए सींगों से ज़मीन को कुरेदने लगे हैं। पेड़ों पर कौए 'काँव-काँव' करते हुए एक डाल से दूसरी डाल

पर कूद रहे हैं। बगुले भूमि के समानान्तर उड़ नहीं रहे हैं। कभी ऊपर की ओर तो कभी नीचे की ओर उड़ने लगे हैं। मुर्ग़ियाँ हिचकते-हिचकते आकर अपने खानों में ऐसे पहुँच रही हैं, जैसे उनसे कोई गुनाह हो गया हो। फिर अपने सिर को पंखों के नीचे दबाकर चुपचाप लेट रही हैं। मुर्ग़ों को यह समझ में नहीं आ रहा है कि वह साँझ की बेला है या भोर का वक़्त। निरर्थक ही वे बाँग देने लगे हैं।

हवा का चलना एकदम बन्द हो जाने से पत्ते स्थिर हैं। निश्चल पवन गर्मी को क्रमशः आत्मसात् करता जा रहा है। वातावरण की गर्मी एक सीमा से ऊपर पहुँच जाने पर पतंगे शोर करने लगे हैं। धरती कुम्हार के आवाँ की तरह, धोबी की भट्ठी की तरह तप रही है। मनुष्यों के शरीर बुरी तरह पसीना उगल रहे हैं। उन लोगों ने अपने शरीर से उतार देने योग्य सारे कपड़े उतार दिए हैं।

कई किसानों ने आकाश की ओर देखकर सोचा, बादल उतर रहे हैं। ईशान के कोने में उतरते जा रहे हैं। लगता है कि शाम तक मूसलाधार बारिश शुरू हो जाएगी। रात में तालाब के परिवाह का टूट जाना तो पक्का ही समझो।

खेतों में काम कर रहे किसानों ने अपने काम जहाँ-तहाँ छोड़ दिए हैं। अपने उपकरणों को सिर या कन्धों पर उठाकर उन्होंने घर का रास्ता ले लिया है। मैदान में फैलाए कपड़ों को उठाकर धोबियों ने अफ़रा-तफ़री में उनका गट्ठर बना लिया है और अब गट्ठरों को गधों पर लादकर घर की ओर चल पड़े हैं। गाँव में कुछ लोगों ने कहीं-कहीं से उड़े हुए अपने मकानों के छप्परों को ताबड़तोड़ दुरुस्त कर लिया है। मकान पर चढ़कर छत के छेदों को पुआल या ताड़ के पत्तों से ढक दिया है और छत से जलावन को ले आकर मकानों के अन्दर डाल लिया है।

थोड़ी देर में हवा का चलना शुरू हो गया। पेड़ों की डालें तो नहीं, बस, पत्ते हिलने लगे हैं।

धीरे-धीरे बादलों के अपना आकार खो देने से ऐसा लगा जैसे एक महामेघ ने पूरे आकाश को आच्छादित कर लिया हो। वह महामेघ गाढ़े

काले रंग का है। पृथ्वी पर अँधियारा छाने लगा। बादलों का गर्जन और उसके पीछे बिजली का चमकना आरम्भ हो गया। प्रकृति ने अपना रौद्र रूप धारण कर लिया था।

मोटी-मोटी बूँदों के साथ वर्षा आरम्भ हो गई। बूँदें ज़मीन पर जहाँ गिरती हैं, वहाँ से धूल बालिश्त-भर ऊपर हवा में उछलती है। पूरी धरती को धूल के बादलों ने ढाँप दिया है। जो भी बूँद गिरती है, ज़मीन उसे वहीं-की-वहीं सोखती जा रही है। बूँदों को सोखकर ज़मीन सोंधी गन्ध बिखेरने लगी है। वह गन्ध मन्द लहरों के रूप में चारों ओर फैल रही है।

वह गन्ध बक्कि रेड्डी के नथुनों से आ टकराई। वह खटिया पर उठ बैठा। मिट्टी की गन्ध से भरी हवा को उसने अन्दर छाती-भर में खींच लिया। उसे बार-बार वह अन्दर ऐसे खींचता रहा, जैसे कोई लालची आदमी रत्नराशियों का ढेर लगा रहा हो। मिट्टी की गन्ध ने उसके शरीर के अणु-अणु का स्पर्श किया। उस गन्ध ने उसके भीतर एक सनातन भूख जगा दी। फिर वह भूख एक प्रचंड रूप धारण करती चली गई।

जुगाली कर रहे बैलों की ओर उसने देखा। खेती का काम करने से उनकी गरदनों पर रोएँ उग आए थे। फिर उसने दीवार से सटाकर रखे हल की तरफ़ ताका। उसकी मूठ सीधी खड़ी थी।

बक्कि रेड्डी की हथेलियों में खुजली-सी होने लगी। हथेलियाँ बन्द होतीं, और खुल जातीं। ऐसा गाढ़ा अन्धकार जो हथेली से चिपक जाए, ज़मीन पर व्याप गया था। हरहराकर पानी बरसता जा रहा था। वर्षा ऐसे हो रही थी, जैसे ज़मीन और आसमान एक हो गए हों, या हाथी अपनी सूँड़ों की पिचकारियाँ छोड़ रहे हों या मटकों में भरकर कोई पानी उड़ेल रहा हो। पर्वतों को कम्पित करने वाली हवा तनों समेत पेड़ों को झकझोर रही थी। बिजली आकाश को खंड-खंड चीरती चमक रही थी। वह कभी भयंकर घोष के साथ तो कभी मन्द ध्वनि के साथ गरज रही थी।

पानी फैलकर बहने लगा। बहकर वह छोटे-छोटे नालों में मिलने लगा। छोटे-छोटे नाले टेढ़े-मेढ़े बहकर सोते में मिलने लगे। सोते का

पानी सूखे पत्तों और तिनकों को धकेलते हुए तालाब की ओर बहने लगा।

निरन्तर बरसते पानी और हरहराकर बहती हवा से आतंकित गाँव सिकुड़-सा गया। लोग कसकर चादरें ओढ़े गहरी नींद में डूबे हुए हैं। बस, थोड़े-से बूढ़े प्रकृति के बीभत्स रव को सुनते हुए जगे हुए हैं।

बक्कि रेड्डी खटिया से उठ पड़ा। खूँटों से खोलकर बैलों को उसने मड़ई के बाहर ला खड़ा किया। हल को कन्धे पर टिकाए उसने ओरी में से पैना निकालकर दाएँ हाथ में थाम लिया। बैलों को हाँकता हुआ वह उनको गली में ले आया।

गली में पानी मकानों की दीवारों और ऊँची ज़मीन से रगड़ खाता हुआ बह रहा है। सारी गलियाँ सुनसान हैं। बक्कि रेड्डी गलियों से होता हुआ गाँव से बाहर निकल आया। बिजली जब चमकती तभी रास्ता दिखाई पड़ता था। बिजली की कौंध के सहारे आगे बढ़ते हुए वह अपनी ज़मीन के पास पहुँच गया। पहुँचकर खेत की मेंड़ पर उसने हल उतार दिया। फिर बिजली के प्रकाश में उसने अपने पूरे खेत पर एक नज़र दौड़ाई। चौदह एकड़ ज़मीन। ज़मीन आठ चकों में बँटी हुई है। छह चक बड़े हैं और दो छोटे। सभी पानी से भरे हुए हैं। पानी एक चक से दूसरे चक में बहा जा रहा है। खेत के दक्षिण में खड़े बड़े-से पेड़ की डालें हवा में झूल रही हैं।

बक्कि रेड्डी ने बैलों की गरदनों पर जुआ रखकर पट्टे कस दिए। हल को जुए के साथ जमा दिया। पगड़ी कसकर बाँध ली और लांग कस ली।

वह हल और बैलों के साथ चकों में ऐसे उतरा जैसे कोई दूध पीता नन्हा बच्चा सरपट रेंगता माँ की गोद में प्रवेश करता है। बाएँ हाथ से उसने हल की मूठ कसकर पकड़ ली। फिर दाएँ हाथ का पैना ऊपर उठाकर उसने बैलों को हाँका। बैल चल पड़े। हल ज़मीन को चीरता हुआ आगे बढ़ने लगा।

ख़ूब ज़ोर की बारिश हो रही है। बिना अपनी दिशा बदले हवा तेज़ बह रही है। हवा के वेग में पेड़ की डालें इतनी नीचे झुकी जा रही हैं जैसे

ज़मीन को छू लेना चाहती हों। पेड़ों के पत्ते और पतली टहनियाँ हवा में दूर, बहुत दूर उड़ी जा रही हैं।

बक्कि रेड्डी के पूरे शरीर पर से बारिश का पानी फिसल रहा है। पगड़ी भीगकर भारी हो गई है और नीचे को खिसककर गरदन पर आ टिकी है। पगड़ी निकालकर उसने मेंड़ पर उछाल दी। कमर की काछनी को छोड़कर उसकी पूरी देह खुली हुई है। हवा और बारिश दोनों उसके शरीर का निर्दयता से मर्दन कर रही हैं। ठंड से उसका शरीर थरथर काँपने लगा है। दाँत बजने लगे हैं। बूँदें तीर जैसी आकर उसके शरीर पर लग रही हैं। धीरे-धीरे उसका शरीर संवेदनशून्य हो गया। हवा के वेग में लड़खड़ाकर गिरते-गिरते अपने को सँभालता हुआ वह आगे बढ़ा जा रहा है। इस प्रयास में वह गिरगिट की तरह चल रहा है।

दो चकों की जुताई पूरी करके वह तीसरे चक में घुसा। उसके शरीर पर धीरे-धीरे कमज़ोरी छाने लगी। हल के पीछे एक-एक पैर उठाकर चलना दूभर होता गया। कमर और रीढ़ के जोड़ों में ऐसा दर्द उठने लगा जैसे शूल चुभ रहे हों। पैना थामे हाथ को कन्धे से ऊपर उठाना तक दूभर हो गया। थकान के मारे उसके उच्छ्‌वास और निःश्वासों की आवाज़ बैलों के हाँफने की आवाज़ से ऊपर सुनाई पड़ रही थी। धीरे-धीरे हल का वेग मन्द पड़ने लगा। लेकिन हल की मूठ को कसकर पकड़ी हुई बक्कि रेड्डी की मुट्‌ठी ज़रा भी ढीली नहीं पड़ी।

15

सवेरा हुआ तो वर्षा पूरी तरह थम चुकी थी। नीला आकाश मेघ रहित, स्वच्छ और निर्मल हो गया था। सन्देह हुआ कि कल रात इतने बीभत्स दृश्य की सृष्टि करने वाला क्या यही आकाश था? फिर से हवा स्तम्भित हो जाने से पत्ते स्थिर हो गए हैं। कल रातभर सिर झुकाए खड़े पेड़ अब तन गए हैं। टूटी हुई डालियाँ कुछ पास तो कुछ

बड़ी दूर जाकर कीचड़ में धँस गई हैं।

पूरब दिशा उजास का आभास दे रही थी कि बक्कि रेड्डी की पत्नी बिछौने से उठी। उसने मड़ई में जाकर देखा। खटिया पर खजूर की चटाई पड़ी थी। सिरहाने तकिया पड़ा था। लेकिन खटिया पर उसका पति दिखाई नहीं पड़ रहा था। दोनों बैल भी दिखाई नहीं पड़ रहे थे। बग़ैर पगहियों के खूँटे नंगे-से दिखाई दे रहे थे। दीवार से सटाकर रखा हुआ हल भी नज़र नहीं आ रहा था। जुआ और उसके साथ लगने वाली रस्सियाँ ग़ायब थीं। सिर उठाकर उसने देखा। ओरी में खोंसा पैना भी वहाँ नहीं था। चालीस साल से वह पति के साथ गृहस्थी निभाती आई थी। कोटि-कोटि रहस्यों और कोटि-कोटि अन्तर्विरोधों से भरे इस संसार के बारे में वह कुछ नहीं जानती। पर अपने पति के बारे में सब कुछ वह जानती है। पूरी मड़ई पर एक नज़र डालने के बाद वह शिला प्रतिमा की तरह स्तब्ध खड़ी रह गई। अगले ही क्षण वह सहसा ज़ोर से चीख़ उठी। उसकी चीख़ सुनकर अड़ोस-पड़ोस के घरों में सो रहे लोग चौंककर जाग गए। तब तक जग चुके लोग उसकी चीख़ सुनकर घबरा उठे। अपना काम छोड़कर वे लोग मड़ई की ओर दौड़ पड़े।

तब तक बक्कि रेड्डी की पत्नी ने अपनी दौड़ आरम्भ कर दी थी। उसके पैर गली की कीचड़ में थप-थप पड़ रहे थे। अड़ोसी-पड़ोसी उसके पीछे-पीछे दौड़ने लगे। वह ऐसे दौड़ रही थी जैसे अपने गंतव्य का उसे स्पष्ट ज्ञान हो। उसके दौड़ने से कीचड़ उसके पैरों के नीचे से चारों दिशाओं में उछल रहा था।

मड़ई से शुरू की हुई अपनी दौड़ उसने रास्ते वाले चकों पर आकर रोकी। अड़ोसी-पड़ोसी हाँफते-हाँफते उसकी बग़ल में आकर खड़े हो गए।

सूर्योदय हो रहा है। आठों चक पानी से भरे हैं। पानी निश्चल और शान्त है। पानी के ऊपर सूरज की लाल-लाल किरणें प्रतिफलित हो रही हैं। खेत के दक्षिण में खड़े पेड़ का प्रतिबिम्ब आईने का रूप लिये हुए पानी में स्पष्ट दिखाई दे रहा है।

खेत के बीच दोनों बैल खड़े-खड़े जुगाली कर रहे हैं। हल की मूठ एक तरफ़ गिर गई है। बक्कि रेड्डी के बाएँ हाथ की मुट्ठी हल की मूठ के चारों ओर कसी हुई है। दायाँ कन्धा और चेहरा आधा-आधा कीचड़ में धँसे हुए हैं। साड़ी की चुन्नटें ऊँची किए बिना ही पत्नी खेत में उतर पड़ी। उसके पैरों के झटके से निश्चल जल में लहरें उठने लगीं।

16

गाँव में सनसनी फैल गई। "बक्कि रेड्डी की मौत हो गई है। कहते हैं कि रास्ते वाले चकों में मरा पड़ा है।" यह ख़बर गाँव की हर गली में दौड़ गई। घर-घर की देहरी पर वह चढ़ गई।

गाँव के सभी लोग रास्ते वाले चकों की तरफ़ दौड़ने लगे। तहमतों और काछनियों को ऊपर खिसकाते-खिसकाते पुरुष दौड़ रहे हैं। जूड़ों और आँचलों को सँभालती हुई स्त्रियाँ दौड़ रही हैं। खींचकर छोड़े गए बाणों की तरह, गुलेल में रखकर छोड़े गए पत्थरों की तरह बच्चे दौड़ रहे हैं। जो चल नहीं सकते थे, ऐसे लँगड़ों को मज़बूत शरीर वाले अपने कन्धों पर उठा-उठाकर ले जा रहे हैं।

लाल-लाल सूरज आकाश में ऊपर चढ़ता जा रहा है। गाँव ऐसा सुनसान हो गया है जैसे हैजा या प्लेग फैला हो। लोगों के निरन्तर दौड़ लगाते रहने से गाँव और रास्ते वाले चकों के बीच का रास्ता कीचड़ से भर गया है।

जिस तरह पिछले दिन आकाश बादलों से भर गया था, उसी तरह आज रास्ते वाले चक लोगों से भर गए हैं। धीरे-धीरे भीड़ बढ़ती गई। जेठ के महीने में चन्द्रमा को घेरकर एक वलय जिस तरह बन जाता है, उसी तरह बैलों के जोड़े, हल और मृत शरीर को घेरकर लोग वलयाकार खड़े हो गए। जो आगे खड़े थे, वे गर्दन पीछे घुमाकर अपने सामने के अजूबे का ब्योरा पीछे वालों को दे रहे हैं। पीछे वाले लोग आगे खड़े

लोगों के कन्धों का सहारा लेकर उचक-उचककर देख रहे हैं।

हल की मूठ के चारों ओर कसी हुई बाएँ हाथ की मुट्ठी को, पैने को कसकर पकड़ी हुई दाएँ हाथ की मुट्ठी को और कीचड़ में आधे तक धँसे शरीर को उन सब लोगों ने देखा। वह दृश्य सबकी आँखों में कहीं गहरे अंकित हो गया। फण पर चोट करने वाले आदमी का रूप जिस तरह नाग की आँखों में बैठ जाता है, उसी तरह वह दृश्य उन लोगों की आँखों में बैठ गया। द्रौपदी की चोटी को पकड़कर खींचते दुःशासन का चित्र भीमसेन की आँखों में जिस तरह अंकित हो गया था, उसी तरह वह दृश्य उन लोगों की आँखों में अंकित हो गया।

हज़ारों बार पलकें झपकाने के बाद भी वह दृश्य उन लोगों की आँखों से ओझल नहीं हुआ। जीवन के कोटि-कोटि अनुभवों के बाद भी वह दृश्य उन्हें भूलेगा नहीं।

17

रास पूर्णिमा के दिन बक्कि रेड्डी की मृत्यु हो गई। नम्बरदार ने उसे जो वचन दिया था, उसका उसने पालन किया। रास्ते वाले चकों में पेड़ के नीचे उसने उसे भूमिस्थ करवा दिया। स्वयं पास रहकर विधिवत् सारी क्रियाएँ सम्पन्न करवाईं।

नम्बरदार के पूर्वज उस इलाक़े के जागीरदार थे। आज भी ज़िले में चल और अचल सम्पत्ति के मामले में पहला स्थान नम्बरदार का ही है। उस गाँव में या अगल-बग़ल के गाँवों में मामला कोई भी हो, अन्तिम निर्णय नम्बरदार का ही होता है।

गाँव के उत्तर में एक तालाब है। साल में एक बार तालाब की मछलियों की नीलामी होती है। नीलामी में भाग लेने को तो बहुत-से लोग भाग लेते हैं। पर अन्तिम बोली नम्बरदार की ही होती है।

गाँव के पश्चिम में राज्य का राजमार्ग है। राजमार्ग के दोनों तरफ़

इमली के पेड़ हैं। साल में एक बार इमली की फ़सल की नीलामी होती है। नीलामी में भाग लेने को तो बहुत-से लोग भाग लेते हैं, पर अन्तिम बोली नम्बरदार की ही होती है।

बैशाख और जेठ के महीनों में विवाह होते हैं। विवाह का ताम्बूल घर-घर में जाता है। पर प्रथम ताम्बूल को तो नम्बरदार के घर ही पहुँचना होता है।

गाँव राजमार्ग की बग़ल में होने से भिखमंगे अकसर वहाँ आ जाते हैं। इन आगन्तुकों को पहली भीख नम्बरदार के घर से ही मिला करती है।

समय-समय पर सरकारी अधिकारी गाँव में आते रहते हैं। नम्बरदार के घर में आतिथ्य स्वीकार करने के बाद ही अधिकारियों को अपना काम आरम्भ करना होता है। चुनाव के समय में प्रत्याशियों की जीपें गाँव में आती हैं। नम्बरदार का आशीर्वाद प्राप्त करने के बाद ही प्रत्याशियों को अपने प्रचार कार्यक्रम आरम्भ करने होते हैं।

कभी-कभी गाँव के किसान अपने चक छोड़कर दूसरी जगहों में चले जाते हैं। चकों की बिक्री के लिए औपचारिक रूप से नीलामी होती है। नीलामी में भाग लेने को तो बहुत से लोग भाग लेते हैं। पर अन्तिम बोली नम्बरदार की ही होती है। उन चकों को नम्बरदार की ज़मीन में ही मिल जाना होता है।

दूर के गाँवों से जीविका से लाचार लोग पेट पालने के उपाय खोजते हुए गाँव में आते रहते हैं। ऐसे लोगों को चाहे मज़दूरी हो या बटाई पर ज़मीन, नम्बरदार के यहाँ से ही मिलती है।

नम्बरदार ने रास्ते वाले चक इसी परम्परा का निर्वाह करने के लिए ख़रीदे थे, इसलिए नहीं कि उसके पास ज़मीन कम थी। इसी कारण रास्ते वाले चकों में उसने खेती नहीं करवाई। विक्रय-पत्र को ज़रूर उसने हिफ़ाज़त से रख दिया। उस पत्र के चारों कोनों में हल्दी की बिंदियाँ लगाकर उसने उसे लोहे की एक पेटी में सुरक्षित रख दिया। उस पेटी में इस तरह के पत्र कई सौ हैं।

पेटी पर हथेली जितना चौड़ा ताला लटक रहा है। वह पेटी नम्बरदार के भवन की दूसरी मंज़िल के एक कमरे में है। पेटी पर जिस तरह ताला लटक रहा है, उसी तरह उस कमरे के दरवाज़े पर भी हथेली जितना चौड़ा एक ताला लटक रहा है।

18

विक्रय-पत्र लोहे की पेटी में है। बिके हुए चक परती पड़े हुए हैं। विक्रेता पेड़ के नीचे छह फ़ुट गहरे दफ़न हो गया है। फिर भी उससे सम्बद्ध स्मृतियाँ गाँव के लोगों के मस्तिष्क में निरन्तर घूम रही हैं।

नम्बरदार अपनी कचहरी में जब बैठता है, तब बहुत से लोग उससे मिलने आते हैं। अपनी अनेक व्यथा-कथाएँ सुनाते हैं। अनेक विनतियाँ करते हैं। लेकिन बक्कि रेड्डी ने जैसी विनती की थी, वैसी विनती उसने कभी नहीं सुनी थी। "परान निकल जाने के बाद इस पिंजरे को मेरे चकों में पेड़ के नीचे दफ़न करना होगा भैया! वादा करो कि यह काम करूँगा।" कितनी विचित्र विनती थी यह! "पिता के मरने से पहले मैंने उनसे वादा किया था भैया! वादा किया था कि पलक जिस तरह आँख की हिफ़ाज़त करती है, उस तरह चकों की हिफ़ाज़त करूँगा। मुझे देखते ही पिता पूछेंगे, 'चकों का क्या किया रे बक्का, तूने?' तब मैं जवाब दूँगा 'यह देखो, मैंने क्या किया है! चकों में ही लेटा हुआ हूँ। जिस तरह नाख़ून उँगली की रक्षा करता है, उसी तरह चकों की रक्षा कर रहा हूँ। तुम ख़ुद देखो!' अब मुझे अपने पिता से डरने की कोई ज़रूरत नहीं है भैया!" कैसी विचित्र आस्था है!

मृत्यु के बाद भी जीवन होता है, यह बात नम्बरदार ने सुनी है। लेकिन उसको लेकर उसने कभी सोचा नहीं है। मरने के बाद क्या वह सचमुच अपने पिता से मिलेगा? उसका पिता क्या उससे इस तरह पूछ सकता है? बक्कि रेड्डी ने जब अपने मुँह से बात कही थी तब नम्बरदार

ने उस पर ग़ौर नहीं किया था। उसे एक पागल का प्रलाप ही उसने माना था। लेकिन हल की मूठ को घेरकर कसी बाएँ हाथ की मुट्ठी, पैने को कसकर पकड़े दाएँ हाथ की मुट्ठी और कीचड़ में आधे धँसे शरीर को देखने के बाद नम्बरदार का विचार बदलने लगा।

19

सिंचित और असिंचित खेत जोतने के लिए हल बाँधते समय किसानों को 'रास्ते वाले चक' याद हो आ जाते हैं। "चकों के निकल जाने के बाद अब करने को है ही क्या? चूहों वाली दवाई अब खा लेनी चाहिए। या फिर इमली के पेड़ से फाँसी लगा लेनी चाहिए। दोनों में से कोई एक काम करूँगा। चकों के हाथ से निकल जाने के बाद इस धरती पर मेरा क्या काम? सोने जैसे चकों को खोकर ख़ाली हो गया हूँ मैं। अब ख़ाना पेट में जाएगा कैसे रे? अब आँख में नींद आएगी कैसे?" ज़मीन को चीरते हल से निकलने वाली आवाज़ में और भरे-पूरे पेड़ों से होकर बहती हवा से निकलने वाली आवाज़ में ये ही बातें उन लोगों को सुनाई पड़ती रहती हैं।

चकों को खो देने के बाद आगे गाँव में रह न पाने की वजह से दूर प्रान्तों में जाकर बसे हुए लोगों को वे जानते हैं। चकों के प्रति मोह को तोड़ने में असमर्थ होकर खेत की मेंड़ों पर खड़े पेड़ों से जिन लोगों ने फाँसी लगा ली थी, ऐसे किसानों को भी वे जानते हैं। ऐसे किसानों को भी वे जानते हैं जो खेत के बीच में बैठ, कीटनाशक दवाई पीकर ज़मीन पर लुढ़क गए थे। लेकिन उन लोगों ने ऐसे किसान को पहली बार देखा था, जिसने बिकी हुई अपनी ज़मीन को जोतते हुए उसी ज़मीन में प्राण त्यागे थे। कीचड़ में आधे धँसे हुए उसके चेहरे पर कैसी शान्ति थी! होगी क्यों नहीं? उसने जहाँ प्राण त्यागे थे, वह उसकी अपनी ज़मीन थी! बाएँ हाथ की उसकी मुट्ठी में जो कसी हुई थी, वह उसके अपने हल की ही

मुठिया थी! उसके दाएँ हाथ में जो था, वह उसका अपना पैना था! इस बोध के साथ ही उसने अन्तिम साँस ली थी। इसीलिए उस चेहरे पर ऐसी शान्ति और सन्तुष्टि थी! दुर्योधन में राज्याधिकार के प्रति कितना मोह था! युधिष्ठिर को सत्यनिष्ठा से कितना मोह था! उससे दस गुना अधिक मोह एक किसान को अपने चकों से रखते हुए उन लोगों ने पहली बार देखा था।

ये स्मृतियाँ दिमाग़ में घूमने लगती हैं तो किसान अन्यमनस्कता से खेत जोतने लगते हैं। उस समय हल के कूँड़ टेढ़े-मेढ़े हो जाते हैं। थोड़ी देर इस तरह जोतने के बाद उन लोगों को अपने हल की चाल का और अपनी अन्यमनस्कता का भान होता है। उस समय उनके मन अन्यमनस्कता के ही नहीं, वैराग्य के भी अवलम्ब बन जाते हैं। कूँड़ टेढ़े-मेढ़े ही नहीं, मन्द गति से भी आगे बढ़ते हैं।

20

लुहार जब अपनी भट्ठी के पास बैठा रहता है और भट्ठी में कोयले सुलगते रहते हैं, तब उसके मन में 'रास्ते वाले चकों' से जुड़ी स्मृतियाँ ताज़ा हो जाती हैं। "आचारी! इन बादलों को उमड़ते देखता हूँ, तो लगता है कि दो-तीन दिन में मौसम की पहली बारिश शुरू हो जाएगी। पंडित ने भी पंचांग देखकर यही बात कही है। बूँद ज़मीन पर गिरी, तो समझो कि पैर टिकाने तक की फ़ुर्सत नहीं मिलेगी। मेरे बैलों के खुर घिस गए हैं और उनमें से ख़ून रिस रहा है। नाल ठोंकने में अब एक दिन की भी देर नहीं की जा सकती। बैलों को यहाँ ले आऊँ या औज़ार लेकर तुम ही घर तक आ जाओगे?" भट्ठी की लपटों से निकलती आवाज़ में से लुहार को ये बातें हमेशा सुनाई देती रहती हैं। तब उसे ऐसा लगने लगता है जैसे वह अपनी भट्ठी में खेती के उपकरण नहीं, किसानों का सफ़ाया करने में उपयोगी मारक हथियार तैयार कर रहा

हो। उसे लगता है जैसे उसकी भट्ठी में जो जल रहा है, वह कोयला नहीं किसानों की हड्डियाँ हैं।

21

पटवारी पहले हर रोज़ बिला नागा अपनी कचहरी में आया करता था। लेकिन आजकल वह नियमित रूप से नहीं आ रहा है। जब आता है, तब असमय ही आता है। कचहरी में रखी काठ की अलमारी वह खोलता नहीं है। उसे लग रहा है जैसे ढेरों पाप ने उस पूरी अलमारी पर क़ब्ज़ा जमा लिया है।

अब वह ज़मीनों के पट्टों से सम्बद्ध पुस्तक अलमारी से निकालकर मेज़ पर नहीं रखता। न उनकी जाँच ही करता है। वह ज़मीन पर बैठता है और सामने पोथी-टेक पर भगवद्गीता रखकर उसका पारायण करता रहता है। चार श्लोक पढ़ने के बाद उसे लगता है जैसे अक्षर एक-दूसरे में घिचपिच हो रहे हैं। वह चश्मा उतारता है और तौलिए से उसे पोंछकर फिर से पढ़ने का प्रयत्न करता है। श्लोकों की जगह विक्रय-पत्र के वाक्य उसे दिखाई देने लगते हैं। "मुझे प्राप्त समस्त अधिकारों समेत आज मैंने इस ज़मीन को आपके अधिकार में दे दिया है। आज के बाद बेची गई उक्त सम्पत्ति का उपभोग करने के समस्त अधिकार आपके अधीन होंगे। ज़मीन के भीतर जो भी तरु, जल, पाषाण आदि निधियाँ या भंडार हैं, उन सबको भी पुत्र, पौत्र आदि समेत दान, विक्रय आदि समस्त अधिकारों के साथ स्वेच्छा से और सुखपूर्वक आप भोग सकेंगे।" इस पत्र के साक्षी तीन हैं और पटवारी भी उनमें से एक है।

वह किस चीज़ का साक्षी है? जिस तरह श्रीराम को अयोध्या से अलग कर दिया गया था, उसी तरह एक किसान को उसकी ज़मीन से अलग कर दिया गया था। इसका वह साक्षी है। जिस तरह पुत्रशोक से दशरथ की मृत्यु हो गई थी, उसी तरह भूमिशोक से एक किसान की मृत्यु

हो गई थी। इसका वह साक्षी है।

भगवद्‌गीता को बन्द करके पटवारी उसे दूर हटा देता है। फिर पीछे को झुककर, दीवार से पीठ लगाकर वह बैठता है और सामने रखी अलमारी को निस्तेज़ आँखों से देखता रहता है।

22

लोक नाटक वालों की मड़ई परदेस चले गए आदमी के घर की तरह हो गई है। मड़ई के चारों ओर बालिश्त-भर ऊँची हरी घास उग आई है। कहीं-कहीं आक और खजुरिया के पेड़ बढ़ रहे हैं। मड़ई के दरवाज़े के दोनों तरफ़ की उठी हुई ज़मीन पर हवा में उड़कर आए सूखे पत्तों की मोटी परत जमी है। मड़ई के दरवाज़े पर ताला लगा है। बक्कि रेड्डी की मृत्यु वाले दिन जो ताला उस पर पड़ गया था, उसके बाद उसे किसी ने खोला नहीं है। लोकगीतों का गाना उसी दिन बन्द हो गया था।

"कँटीले पत्थर मार्ग में हैं, सुभगे, सँभल-सँभलकर चलना।" हरिश्चन्द्र नाटक के गीत का यही चरण उन लोगों द्वारा गाया गया अन्तिम चरण था। मड़ई में तबला, हारमोनियम जैसे वाद्ययंत्र दीवार पर लटक रहे हैं। उनके बीच मकड़ी के जाले बढ़ते जा रहे हैं। मड़ई के एक कोने में तख़्त पर नाटक से सम्बन्धित पुस्तकें पड़ी हैं। उन पर मोटी धूल जमी हुई है। लोकगीत गाते समय इस्तेमाल में लाई जानेवाली लालटेन एक दूसरे कोने में है। उसका तेल भाप बनकर कब का उड़ गया है।

कोई भी नाटक का अभिनेता आजकल मड़ई के पास फटक नहीं रहा है। नाटक के गीत और संवाद वे भूलते जा रहे हैं। हरिश्चन्द्र की भूमिका निभाने वाला अभिनेता ज़रूर कभी-कभी मड़ई की ओर आ जाता है। हर जगह से दुत्कारे हुए कुत्ते की तरह वह धीरे-धीरे क़दम बढ़ाता हुआ आकर चबूतरे पर बैठ जाता है। जंगल में घूमते हुए राजा

हरिश्चन्द्र ने जो विपत्तियाँ झेली थीं, उनको वह याद करता है। असूर्यंपश्या चन्द्रमती* के कंकड़-पत्थर से भरी राहों पर चलने से उनके पैर छिल जाते हैं और रक्त बहने लगता है। जब वह मूर्च्छित हो जाती है, तब हरिश्चन्द्र पत्नी से अनुनय करते हुए कहते हैं, ''कँटीले पत्थर मार्ग में हैं, सुभगे, सँभल-सँभलकर चलना।'' इस पंक्ति को गाते समय दुख का अभिनय करने में हरिश्चन्द्र की भूमिका निभाने वाले अभिनेता के सारे प्रयत्न पहले निष्फल हो जाते थे। नाटक सिखाने वाले गुरु को ग़ुस्सा तक आ जाता था। एक ही पंक्ति को बार-बार गला बैठ जाने तक गवाता था। फिर भी उसके स्वर में या चेहरे पर दुखानुभूति नहीं झलकती थी।

लेकिन अब मड़ई के चबूतरे पर जब वह बैठता है, तब अनायास ही उसकी आँखें नम हो जाती हैं। हल की मूठ को घेरकर कसी बाएँ हाथ की मुट्ठी, पैने को घेरकर कसी दाएँ हाथ की मुट्ठी और कीचड़ में आधे से ज़्यादा धँसा हुआ शरीर याद आते ही उसकी आँखों के कोरों में पानी उभर आता है।

इससे पहले तीन साल से सूखा पड़ा था। इस विश्वास से कि गाँव में हरिश्चन्द्र नाटक खेला जाए तो बारिश होगी, नाटक की तैयारी शुरू हो गई थी। लेकिन नाटक खेलने से पहले ही वैसा भयावह दृश्य उपस्थित करती हुई महावृष्टि हुई थी। परिवाह से हरहराता हुआ पानी भँवरें बनाता हुआ बहने लगा था। पहाड़ी के पास वाली बारानी ज़मीनें और तालाब के नीचेवाली तर ज़मीनें पानी से भर जाने से उनमें चलने वालों के पैर टखनों तक धँसते जा रहे थे। कुएँ और नाले लबालब भर गए थे। यह सब एक ही रात में हो गया था।

तीन बरस तक चली ग्रामवासियों की प्रतीक्षा एक ही रात में पूरी हो गई थी। तीन बरस से उन लोगों में क्रमशः क्षीण होती जिजीविषा रास पूर्णिमा के दिन अचानक पुनरुज्जीवित हो गई थी। परन्तु उसी पूर्णिमा के दिन तीन पीढ़ियों तक याद रह जाने वाली घटना देखनी पड़ेगी, इस बात की ग्रामवासियों ने कभी कल्पना नहीं की थी।

---

* तेलुगू साहित्य परम्परा में राजा हरिश्चन्द्र की पत्नी का नाम।

बीमारी और बुढ़ापे के भार से लोगों का शरीर त्यागना वे जानते हैं। पूरी या आधी भूख से लोगों के जीवन दीप का बुझना भी वे जानते हैं। हत्या या आत्महत्या से मनुष्यों की इहलीला का समाप्त होना भी वे जानते हैं। दुर्घटना या हिंस्र जन्तुओं के आक्रमणों से होनेवाली अपमृत्युओं को भी वे जानते हैं। लेकिन बिकी हुई अपनी ज़मीन को पूरी रात धारासार वर्षा में जोतते हुए शैथिल्य के कारण हल के कूँड़ में ढेर हुए आदमी की आँख मुँद गई हो, ऐसी घटना उन लोगों ने पहले नहीं देखी थी। जितने दिन तक इस धरती पर चलते-फिरते रहेंगे, तब तक वे लोग इस दृश्य को भूल नहीं सकेंगे। बाद की पीढ़ियों के लोग अपने दादा-नानाओं से इस घटना के बारे में सुनेंगे। उनमें से कुछ लोग इस पर विश्वास करेंगे। कुछ दूसरे लोग इसे कपोल कल्पना ही समझेंगे।

23

माघ का महीना लग गया है। बक्कि रेड्डी की मृत्यु हुए छह महीने बीत चुके हैं। इन छह महीनों में गाँव में बहुत बदलाव आ गया है। छह महीने पहले तो तालाब सूखकर दरारों से भर गया था। अब वह पानी से लबालब शोभायमान है। छह महीने पहले जिन कुओं के पानी तक तीस हाथ लम्बी रस्सी से भी पहुँचा नहीं जा सकता था, वे इतने भर गए हैं कि उनसे पानी अब हाथ की बाल्टी से भी खींचा जा सकता है। छह महीने पहले सूखी घास और झाड़-झंखाड़ से भरे मैदान अब हरी घास और रंग-बिरंगी तितलियों से नयनाभिराम दिखाई दे रहे हैं। पहाड़ी के नीचे वाली बारानी ज़मीनों में छह महीने पहले सिर्फ़ कंकड़-पत्थर और लाल मिट्टी ही दिखाई देती थी। उन ज़मीनों में अब हरे-भरे पत्ते और पीले फूलदार मूँगफली के खेत बिछे हुए क़ालीन जैसे दिखाई पड़ रहे हैं। तालाब के नीचे वाली ज़मीनें छह महीने पहले आक और बबूल की झाड़ियों से भरी थीं, लेकिन अब उन्हीं पर ख़ूब ऊँचा धान लहलहा

रहा है और जब हवा चलती है तब वह समुद्र की लहरों की तरह हिल उठता है। छह महीने पहले बकरियाँ चराने वाले लड़कों के अलावा खेती की ज़मीनें सुनसान हुआ करती थीं। अब उन ज़मीनों में भोर से लेकर साँझ तक किसान खेती के औज़ार हाथ में लेकर हड़बड़ी में घूमते हुए दिखाई दे रहे हैं। साँझ से लेकर भोर तक बीच-बीच में पहरेदारों की आवाज़ें भी अब सुनाई पड़ती रहती हैं।

गाँव के लोगों के अन्त:करण में भी इन छह महीनों में अनेक परिवर्तन हो गए हैं। रास पूर्णिमा के दिन हुई घटना को वे लोग धीरे-धीरे भूलने लगे हैं। बक्कि रेड्डी की याद अब उनको कभी-कभी ही आती है। उन लोगों की बातों में बक्कि रेड्डी की चर्चा भी अब कभी-कभी ही आती है। गँदले पानी के नीचे कंकड़ की तरह और कोहरे के पीछे छिपे पर्वत शिखर की तरह बक्कि रेड्डी की यादें बिसरती जा रही हैं।

कालचक्र की अनवरत गति में गाँव के लोगों की स्मृतियों से बक्कि रेड्डी पूरी तरह हट भी जाता। लेकिन ऐसा होना काल-पुरुष को शायद पसन्द नहीं था। बक्कि रेड्डी इस गाँव के इतिहास में एक मील के पत्थर की तरह स्थिर बना रहे, यही शायद काल-पुरुष का अभीष्ट था।

चाहे काल-पुरुष के अभीष्ट के कारण या संयोगवश, माघ के महीने में एक विचित्र घटना घटी। उस घटना के कारण बक्कि रेड्डी की मृत्यु गाँव के इतिहास में शाश्वत उपस्थिति बन गई। उस घटना के कारण रास्ते वाले चक गाँव के भूगोल के अभिन्न अंग बन गए। इस घटना की शुरुआत नम्बरदार की पशुशाला में हुई।

24

नम्बरदार अपनी पशु सम्पदा का विशेष ध्यान रखता है। पशुओं के उसके झुंड में गाय, बैल, बछड़े सब मिलाकर तीस से अधिक हैं।

पशुशाला नम्बरदार की हवेली से सटी हुई है। वह काफ़ी बड़ी है। उसके चारों तरफ़ ऊँची दीवारें हैं। अहाते में घास के दो चट्टे और चरख़ीवाला एक कुआँ है। कुएँ की बग़ल में लम्बी और पक्की एक नाँद है।

पशुओं को चराने के लिए एक चरवाहा है। वह बारह बरस का एक गूँगा लड़का है। वह गूँगा तो है पर बहरा नहीं है।

गूँगा हर रोज़ सवेरे बाँस-भर दिन चढ़ने तक पशुओं को शाला से बाहर निकालता है। पशु आगे-आगे चलते रहते हैं, तो वह बाँसुरी कमर में खोंसे और खाने की पोटली बग़ल में लटकाए पीछे-पीछे चलता रहता है। पशु दिनभर नम्बरदार की परती ज़मीनों में, गाँव के चारों तरफ़ फैली बंजर ज़मीनों में और गाँव से दूर टीलों पर चरते रहते हैं। किस मौसम में कहाँ घास अच्छी मिलती है, यह बात गूँगा ख़ूब जानता है। पशु जब चरते रहते हैं, तब वह किसी पेड़ के नीचे या चट्टान के नीचे बैठकर बाँसुरी बजाता रहता है। सूरज के बीच आकाश में पहुँचते ही पोटली खोलकर वह खाना खा लेता है और पास की तलैया में या नाले में हाथ धोकर पानी पीता है। सूर्यास्त का समय होते ही वह पशुओं को गाँव की तरफ़ हाँककर शाला में पहुँचा देता है। कुएँ से पानी खींचकर नाँद भर देता है। पशुओं के पानी पी चुकने के बाद वह उनको खूँटों से बाँध देता है। चारे के चट्टों से चारा खींचकर पशुओं के सामने चरनी में डाल देता है। फिर फ़ुर्सत से नहाकर कपड़े धो लेता है। तब नम्बरदार की हवेली पर जाकर मालकिन द्वारा पत्तल में दिया हुआ खाना खाता है। खाना खाने के बाद गाँव में जाता है और अपने मित्रों के बीच में बैठकर अपनी गूँगी भाषा में दीन-दुनिया की बातें करता है। रात गहराने से पहले वह फिर शाला में पहुँच जाता है। रात में उसके सोने के लिए एक कोने में झिंगली खटिया पड़ी रहती है।

पशुपालन के मामले में नम्बरदार को गूँगे पर पूरा भरोसा है। फिर भी वह रोज़ कम-से-कम एक बार तो शाला में आकर पशुओं के भले-बुरे को लेकर पूछ ही लेता है। पशुओं के शरीर पर डाँस हों तो उन्हें उड़ाने या मारने का यत्न करता है। और अगर किलोनी लगी हो तो तुरन्त उसे

छुड़ाने का प्रबन्ध करता है। पशुओं में कोई एक भी बीमार नज़र आए तो पशुवैद्य को बुलवाकर उसका इलाज करवाता है। बैलों के खुर घिस गए हों तो अगले ही दिन उनमें नाल ठुकवा देता है।

25

माघ के महीने की एक रात। पहला पहर बीत रहा था कि नम्बरदार लालटेन लेकर पशुशाला में आ गया। खटिया पर बैठा बाँसुरी बजाता हुआ गूँगा उठ पड़ा और नम्बरदार के पास आ गया। लालटेन नीचे रखकर नम्बरदार ने पूछा, "गाभिन गायें कैसी हैं रे?"

गूँगे ने हाथ के इशारे से कहा, "ठीक-ठाक हैं मालिक! तीन तो इसी महीने ब्याने वाली हैं।"

नम्बरदार ने लालटेन की रोशनी में गाभिन गायों को ध्यान से देखा। फूले हुए उनके पेट देखकर तसल्ली से साँस खींचकर उसने पूछा, "तीनों इसी महीने ब्या जाएँगी क्या रे? इतना सही-सही तुझे कैसे मालूम?"

"इसी महीने में ब्याएँगी मालिक। चैत के महीने में ही तो ये गरमाई थीं। इनको सुद्दपल्ली ले जाकर मैं ही तो मेल करवाकर ले आया था!" वाला भाव गूँगे ने अपने इशारों से व्यक्त किया।

नम्बरदार ने मन-ही-मन थोड़ी देर हिसाब-किताब करके कहा, "ठीक है। ये तीनों ही चैत के महीने में ही गरमाई थीं। उस हिसाब से अब ये दस दिन में ब्याएँगी।" फिर गूँगे की तरफ़ मुड़कर उसने आगे कहा, "तू एक काम कर!"

गूँगा—"कहो मालिक!" वाले भाव से हाथ बाँधकर खड़ा हो गया।

"आज से लेकर इनके ब्याने तक तू सिर्फ़ इन तीनों के साथ रह। कोई दूसरा काम मत कर।" नम्बरदार ने कहा।

गूँगे ने इशारों से पूछा, "दूसरे ढोरों को कौन देखेगा मालिक?"

नम्बरदार बोला, "दूसरे ढोरों का ख़याल करने के लिए कोई दूसरा आदमी लगाऊँगा। लेकिन तुझे तो इन तीनों का इस तरह ध्यान रखना है जिस तरह पलक आँख का ध्यान रखती है। बिला नागा वक़्त पर दाना-पानी दे दिया करना। दिन ढलने और ठंडक हो जाने के बाद ही बाहर ले जाना और चराकर ले आना। दूर ले जाकर इनको थकाना भी मत। गाँव के पास ही किसी जगह ले जाना।"

गूँगे ने सिर हिलाकर संकेत किया, "जी मालिक!"

एक गाय की पीठ पर बैठे डाँस पर नम्बरदार की नज़र पड़ी तो एक चपत मारकर उसने उसे मारा और हथेली में लगे ख़ून को पत्थर के खम्भे से पोंछते हुए कहा, "अगर तीनों ने ही बछड़े दिए, तो समझो कि सोने की ही दीवार खड़ी की जा सकेगी।"

सुनकर गूँगा बोला, "बछड़े ही पैदा होंगे मालिक, मैंने भगवान की मन्नत मानी है। मन्नत मानी है कि अगर तीनों के ही बछड़े हुए तो पाकाला के सुब्रह्मण्य स्वामी के पहाड़ पर आऊँगा।"

"पाकाला ही क्यों रे, सीधे तिरुपति के पहाड़ पर ही तुझे भेज दूँगा। भगवान को अपने सिर के बाल दे आना।"

लालटेन की रोशनी में सारे दाँत बाहर निकालकर हँसते हुए गूँगे ने इशारे से कहा, "हाँ मालिक, पहाड़ पर बाल दे देने के बाद निचली तिरुपति में नई बाँसुरी ख़रीदूँगा।"

इस पर लालटेन उठाते हुए नम्बरदार ने "ठीक है, अब तू जाकर सो जा!" कहा और चार क़दम चलने के बाद पीछे मुड़कर उसने पूछा, "कल से इनको तू कहाँ ले जाएगा रे?"

कुछ देर सोचकर गूँगे ने इशारों में कहा, "गाँव के पास ही किसी जगह ले जाने को कहते हो न मालिक, रास्ते वाले चकों में ले जाऊँगा।"

"हाँ-हाँ, वह जगह ठीक है। वहीं ले जा। छह महीने से रास्ते वाले चकों में किसी ने क़दम भी नहीं रखा है। घास बढ़कर घुटने तक हो गई

है। वहीं ले जाना इनको। अलग से ले जाना, दूसरे ढोरों के साथ मिलने मत देना।'' नम्बरदार ने चेताया।

26

अगले रोज़ दिन ढलने और धूप कुछ कम होने के बाद तीनों गाभिन गायों को गूँगा रास्ते वाले चकों में ले गया।

चौदह एकड़ ज़मीन आयताकार में है। पिछले छह महीने से न किसी आदमी ने उसमें क़दम रखा था न कोई पशु ही उसमें घुसा था। नम्बरदार की सम्पत्ति होने से उस ज़मीन में घास काटने का भी कोई साहस नहीं करता था। अपने पशु भी किसी ने उसमें नहीं छोड़े थे। बढ़ने में कोई बाधा न होने से घास ख़ूब बढ़ी थी और चौदह एकड़ विस्तार वाली वह ज़मीन एक विशाल हरे क़ालीन की तरह दिखाई पड़ रही थी। कितने-कितने क़िस्म की थी वह घास! किसी की पत्तियाँ पतली और लम्बी थीं, तो किसी की मोटी, तो किसी की गोल-गोल!

तीनों गायें थूथन झुकाए चपर-चपर चरने लगीं। घास इतनी अधिक थी कि गले की घंटियाँ बजाती, पूँछ दाएँ-बाएँ हिलाती वे चरने लगीं। जहाँ ज़मीन सपाट थी, वहाँ तो पूरी बाँसवाड़ी ही बन गई है। झाड़ियों के बीच मुर्ग़ाबियाँ केंचुओं की तलाश में घूम रही हैं। बाँसवाड़ी के उस तरफ़ अन्धा कुआँ है। कुएँ के किनारे खड़े बबूल के पेड़ में बीस से भी ज़्यादा गौरैयों के घोंसले लटक रहे हैं। घोंसलों के ऊपर और डालों पर बैठे गौरैये लगातार किच-किच कर रहे हैं। पश्चिम की ओर पेड़ों की एक पंक्ति है। हरे और चौड़े पत्तों की आड़ में तोते झुंड-के-झुंड बैठे हैं। दक्षिण की ओर पेड़ सिर ऊँचा किए खड़ा है। उसकी डालें ख़ूब छितरकर फैली हैं। पेड़ की पीली फलियाँ सोने की पत्तियों की तरह डालों से लटक रही हैं।

पेड़ के नीचे जहाँ बक्कि रेड्डी की समाधि बनाई गई थी, वहाँ

मिट्टी का एक टीला-सा है। पिछले छह महीनों में वातावरण के प्रभाव से टीला आधा गल गया है। पूरे टीले को ढाँपती हुई घास फैली हुई है। पकी हुई फलियाँ टुन्नों से छूटकर जब-तब टीले पर गिर रही हैं।

रास्ते वाले चकों में एक बार पूरा घूम आने के बाद गूँगा पेड़ के नीचे आ गया। तने से पीठ लगाकर वह अधलेटा हो गया और पैर पर पैर चढ़ा लिया। फिर कमर में खुँसी बाँसुरी निकालकर वह बजाने लगा। बाँसुरी पर उसकी उँगलियाँ लयबद्ध नाचने लगीं।

घास चरती तीनों गायों ने एक के बाद एक अपना सिर उठाया। कान खड़े करके और आँखें बड़ी करके बाँसुरी से निकल रही धुन को वे सुनने लगीं। उनके मुँह से घास के तिनके लटकने लगे और वे स्थाणुओं की तरह खड़ी होकर गूँगे की ओर देखने लगीं। गूँगा अपनी बाँसुरी पर जो भी धुन सुनाता है, वे सब उनके लिए परिचित हैं। लेकिन वह आज जो सुना रहा था, वह नई थी। गायें चंचल होकर गूँगे की ओर और उसकी बाँसुरी की ओर ऐसे देखने लगीं जैसे किसी विचित्र दृश्य को, एक भयंकर दृश्य को सामने देख रही हों। थोड़ी देर इस तरह देखने के बाद गायों ने एक-एक करके सिर झुकाया और घास चरने लगीं।

माघ का महीना होने से बाँस-भर दिन रहते ही ठंड शुरू हो गई। ठंडी हवाएँ बाँसुरी से निकल रही ध्वनि तरंगों को ढोकर घास के मैदान के ऊपर से, पेड़ों की डालों के ऊपर से दौड़ रही थीं।

बाँसुरी पुत्रशोक भोग रही एक माँ की वेदना सुना रही थी—

आज शुक्रवार है, घर के आँगन में पानी छिड़ककर मैंने आटे की रंगोली बनाई है।/ घर के आँगन में घुटनों पर चलता कोई बच्चा मेरा नहीं है।/ मेरी रंगोली फैल नहीं जाएगी। मैं एक बाँझ हूँ।

आज शुक्रवार है। घर के आँगन में पानी छिड़ककर मैंने आटे की रंगोली बनाई है।/ जवानी में मैंने तीन-तीन बेटों को जन्म दिया था।/ तीनों ही अब नहीं रहे। अब मैं बाँझ हूँ।

आज शुक्रवार है, घर के आँगन में पानी छिड़ककर मैंने आटे की रंगोली बनाई है। अगले शुक्रवार तक यह रंगोली ज्यों-की-त्यों रहेगी।

यह रंगोली मेरे पेट में शूल उठा रही है।

आज शुक्रवार है, घर के आँगन में पानी छिड़ककर मैंने आटे की रंगोली बनाई है। / मौलश्री के पेड़ पर बैठे गौरैयो, और तोतो, रंगोली के आटे में चोंच मार-मारकर तुम खाना। मेरा पुत्रशोक कुछ-कुछ शान्त करना।

आज शुक्रवार है, घर के आँगन में पानी छिड़ककर मैंने रंगोली बनाई है। पिछवाड़े घूम रही मुर्ग़ियो और मुर्ग़ों, इस रंगोली को पंजों से खुरच देना।

आज शुक्रवार है, घर के आँगन में पानी छिड़ककर मैंने रंगोली बनाई है।

गूँगे ने यह गाना पहले कभी बजाया नहीं था। आज पहली बार वह बजा रहा है। चार साल पहले रुदालियों को यह गाना गाते हुए उसने सुना था। उस गीत के बोल ज्यों-के-त्यों उसे याद नहीं हैं। लेकिन उस गीत का भाव और उसकी धुन उसके मन पर गहराई से अंकित हो गए हैं।

चार साल पहले एक सम्पन्न गृहस्थ के घर में एक शिशु की मृत्यु हो गई थी। बीसेक रुदालियों ने शव को घेरकर यह गाना गाया था। गाना गाते हुए वे जूड़ा खोलकर बाल बिखेर रही थीं। ज़ोर-ज़ोर से छाती पीट रही थीं, चोली फाड़ रही थीं, ज़मीन पर लोट-लोटकर रो-बिलख रही थीं। गूँगे ने दस गज़ दूर खड़े होकर उन लोगों को यह सब करते देखा था। देखते-देखते उसका सारा शरीर एड़ी से चोटी तक काँप गया था। फिर हिचकियाँ ले-लेकर वह रोया था। फिर पशुशाला में लौटकर रुदालियों के गीत के पुत्रशोक को लेकर सोचते हुए उसने रात बिताई थी। उस रात उसे झपकी तक नहीं आई थी।

इन चार सालों में एक बार भी उसने यह गीत अपनी बाँसुरी पर नहीं बजाया था। एक बार भी इस गीत का अपनी बाँसुरी पर अभ्यास नहीं किया था। आज पेड़ के नीचे बैठकर बाँसुरी को जब उसने होंठों से छुआया था, तब भी यह गीत बजाने का ख़याल उसे नहीं आया था। जैसे उसकी इच्छा से निरपेक्ष होकर बाँसुरी अपने आप यह गीत सुना रही थी।

ज्यों-ज्यों गीत आगे बढ़ता गया, उसे लगने लगा कि उसके होंठों या उसकी उँगलियों का बाँसुरी पर कोई वश नहीं है। उसे यह भी लगने लगा कि कोई अदृश्य शक्ति बाँसुरी बजा रही है। चार साल पहले उसने जो हृदय-विदारक दृश्य देखा था, वह उसकी आँखों के सामने तैरने लगा। शव को घेरी हुई रुदालियाँ उसे दिखाई देने लगीं। उन लोगों का बाल बिखेरकर ज़ोर-ज़ोर से छाती पीटना, चोली फाड़ना और ज़मीन पर लोट-पोट हो जाना उसे दिखाई देने लगा। ज़मीन पर उनके लोटने से धूल का उड़ना, आँसुओं का गालों से होकर फिसलना और विकृत स्वर में चीख़ते-चिल्लाते समय मुँह के किनारों से लार का गिरना उसे दिखाई देने लगा। रुदालियों के गीत का पुत्रशोक उसके सामने जैसे साकार हो उठा।

बाँसुरी से निकल रहे उस शोक-धुन को सुनते हुए बबूल के पेड़ों में बैठे गौरैये और दूसरे पेड़ों में बैठे तोते स्तब्ध और निश्चल बैठे रहे।

थोड़ी देर बाद गूँगे के शरीर में हल्का-हल्का कम्पन होने लगा। होंठों से हवा निकलने में कठिनाई होने लगी। बाँसुरी पर उसकी उँगलियाँ लड़खड़ाने लगीं।

कुछ और देर बाद बाँसुरी गूँगी हो गई। इससे आसपास स्तब्धता छा गई। उस घनीभूत स्तब्धता में बाँसुरी को गोद में डाले, पेड़ के तने से पीठ लगाए, गूँगा शिला प्रतिमा की तरह निश्चल बैठा रहा।

गायों के गले की घंटियों की रुन-झुन से उसकी तन्द्रा टूटी। उसे लगा, जैसे घंटियाँ उसे नाम लेकर पुकार रही हैं। सिर घुमाकर उसने देखा। तीनों गायें समाधिवाले टीले के पास हरी घास पर लेटी थीं। तीनों गायों के सामने जो दृश्य उसे दिखाई पड़ा उसे देखते ही वह ख़ूब झुकाकर छोड़ी गई मुलायम बेंत की तरह उछलकर खड़ा हो गया। उसकी गोद में रखी बाँसुरी हवा में उछली और चक्कर काटती हुई समाधि पर जा गिरी।

एक छलाँग में वह गायों के सामने जा पहुँचा। एक-एक गाय के सामने एक-एक मरा हुआ बछड़ा पड़ा हुआ था। उन मांस पिंडों से लिपटी आँवल को गायें चाट रही थीं।

घुटनों पर बैठकर गूँगे ने तीनों मरे हुए बछड़ों को हाथ की उँगलियों

से छूकर देखा। पगलाई आँखों से उसने थोड़ी देर चारों ओर देखा और फिर उठकर गाँव की तरफ़ बेतहाशा दौड़ पड़ा।

27

नम्बरदार की हवेली पर शाम की धूप तिरछी होकर पड़ रही है। हवेली के मुख्य द्वार पर घोड़ा खड़ा है। साईस ने उस पर ज़ीन कस दिया है और मुँह में लगाम चढ़ा दी है। वह घोड़े की गरदन पर हाथ रखे हवेली की तरफ़ देखता खड़ा है।

थोड़ी देर बाद नम्बरदार मुख्यद्वार पार करके बाहर आ गया। उसके पीछे-पीछे द्वार तक आई पत्नी से कुछ बात करके उसने रकाब में पैर रखा। इतने में उसे पच्छिम से आती चीख़ें सुनाई पड़ीं। सिर उठाकर उसने देखा। बदहवास चीख़ता-चिल्लाता और हवा में हाथ नचाता गूँगा इधर ही दौड़ा चला आ रहा था। रिकाब में पैर रखे-रखे ही नम्बरदार खड़ा गूँगे की तरफ़ देखता रहा।

नम्बरदार के पास पहुँचकर लड़खड़ाकर गिरते-गिरते अपने आपको सँभालते हुए गूँगे ने इशारों में कहा, ''मरे बछड़े दिए हैं मालिक! हमारी गायों ने मरे बछड़े दिए हैं।''

नम्बरदार ने रिकाब में से पैर निकाला और गूँगे के गाल पर ज़ोर का एक थप्पड़ कसकर बोला, ''हरामी के पिल्ले! कितनी बार कहा है तुझसे कि उनका अच्छी तरह ख़याल रख! पचास बार तो कहा होगा मैंने! उनको कहीं घुमा-घुमाकर थका दिया होगा तूने। इसीलिए मरे बछड़े हुए हैं।''

गूँगा लकड़ी के गट्ठर की तरह ज़मीन पर औंधा गिरा और फिर चित होकर धूल अँटे हाथों से इशारे करते हुए बताया, ''कहीं नहीं घुमाया था, मालिक! रात को जैसे सोचा था, वैसे ही रास्ते वाले चकों में ले गया था। वहीं मरे बछड़े दिए हैं मालिक!''

नम्बरदार ने फिर से रिकाब में पैर रखा और उछलकर घोड़े पर बैठ गया। फिर दोनों टखने उसके पेट में गड़ा दिए। धूल उड़ाता हुआ घोड़ा दौड़ पड़ा।

रास्ते वाले चकों के पास आकर नम्बरदार घोड़े से उतरा। तीनों गायें घास पर अभी उसी तरह पड़ी थीं। तब तक ही गाँव के कुछ लोग गायों और मरे बछड़ों को घेरकर वह अजूबा देख रहे थे। नम्बरदार ने गाँव से पशुवैद्य को बुलवाया। वैद्य ने अपने अनुभव का उपयोग करते हुए तीनों गायों की बारीक़ी से जाँच की। जाँच पूरी करके उसने नाले में हाथ धो लिए।

वैद्य जाने क्या कहेगा, इस उत्सुकता से वहाँ इकट्ठे सभी लोग पूरी देह को आँख-कान बनाकर देखने लगे। वैद्य ने अपने गीले हाथों को गमछे से पोंछते हुए नम्बरदार की तरफ़ देखा और कहा, ''तीनों को ही गर्भदोष हो गया है भैया!''

''ऐसा कैसे हो गया? पिछली बार तो हीरे जैसे बछड़े हुए थे। यह दूसरी बियान है। इस बार ऐसा क्यों हो गया?''

वैद्य ने गमछा कन्धे पर डाल लिया और आँख के इशारे से 'इधर आओ' कहकर आगे चलने लगा। भीड़ से कुछ दूर जाकर दोनों अन्धे कुएँ के किनारे बैठ गए। नम्बरदार प्रश्नाकुल दृष्टि से वैद्य की तरफ़ देखने लगा। उसके प्रश्नों का उत्तर देने की भूमिका-सी बाँधते हुए वैद्य ने कहा, ''चालीस साल से ढोरों का इलाज करता आ रहा हूँ भैया, ऐसी विचित्र बात मैंने कभी नहीं देखी। तीन गायों का एक साथ मरे बछड़े देना कभी नहीं देखा। तीनों गायों के गर्भ बिगड़ गए हैं। बिगड़ कैसे गए, यही मेरी समझ में नहीं आ रहा है। यह भी सोचा कि किसी ज़हरीले कीड़े ने शायद काट लिया हो। लेकिन लगता नहीं कि ऐसा हुआ होगा। फिर सोचा कि शायद कोई ज़हरीली घास या पत्ते खा लिए हों, लेकिन ऐसी चीज़ें हमारी ज़मीनों में कहीं है ही नहीं। गर्भ बिगाड़ने वाली घास या पेड़ इधर आसपास कहीं नहीं है फिर...'' कहते-कहते वह रुका।

''तब क्या किसी ने इनको कोई ज़हर खिला दिया होगा?'' नम्बरदार

ने सवाल किया। उसके स्वर में उद्विग्नता थी।

उस सवाल को अहमियत देते हुए वैद्य ने कहा, ''यही बात तो मैं कहने जा रहा था। एक साथ तीन गायों ने मरे बछड़े जो दिए हैं, इसे देखकर लगता है कि किसी ने उनको ज़हर ज़रूर खिला दिया होगा।''

''किसने किया होगा यह काम?''

''अब इसी को लेकर तो सोचना है!''

28

नम्बरदार अपनी हवेली की तीसरी मंज़िल में आरामकुर्सी में पसरकर बैठा है। वह खिड़की में से दूर से दिखाई पड़ रही पहाड़ियों को देखता हुआ सोच रहा है।

गायों को किसने ज़हर खिला दिया होगा? नम्बरदार के शरीर का एक-एक रोम इस प्रश्न का उत्तर माँग रहा है। उत्तर न मिलने से उसका एक-एक अणु तपकर खौल रहा है।

नम्बरदार के पास बैलों, गायों और बछड़ों के अलावा एक-एक रेवड़ भेड़ और बकरियाँ भी हैं। हर साल हज़ारों की आमदनी करवाने वाले आम और नारियल के बग़ीचे हैं। सैकड़ों एकड़ खेतीवाली ज़मीनें हैं।

फिर भी तीन बछड़ों की मौत उसके मन को बुरी तरह मथने लगी है।

दस साल पहले उसके पास एक पालतू कुत्ता होता था। रात-दिन वह उसके साथ ही रहता था। नम्बरदार सवेरे नित्यकर्म के लिए जाता, या खेतों-बग़ीचों का मुआयना करने जाता, तो वह उसके पीछे-पीछे ही रहता। नम्बरदार कचहरी में अपना काम करता रहता तो वह उसकी मेज़ के नीचे लेटा रहता। नम्बरदार पैदल या घोड़े पर आस-पड़ोस के गाँवों में जाता, तब भी वह उसके पीछे-पीछे चल पड़ता। नम्बरदार रात को सोता तो वह उसकी चारपाई के नीचे सिकुड़कर लेटा रहता। पास

में कहीं चींटी की भी आहट होती तो पट से वह उठ पड़ता और जाकर देख आता।

एक दिन कुत्ता मुँह से लार टपकाता, बुरी तरह पेट उछालता, और ज़ोर से पैर फेंकता चारपाई के नीचे दिखाई पड़ा।

नम्बरदार ने फ़ौरन पशुवैद्य को बुलवा भेजा। वैद्य ने जो कुछ सम्भव था, वह सब किया। लेकिन कुत्ते के प्राण बचा नहीं सका। उसने इतना निश्चय करके बता दिया कि कुत्ते को ज़हर खिला दिया गया है। लेकिन उस समय रोग निर्धारण पर या कुत्ते की मौत पर नम्बरदार ने विशेष ध्यान नहीं दिया था।

कुत्ते के मरने के बाद आठवें दिन नम्बरदार के जीवन में एक अत्यन्त भयानक घटना घटी। आधी रात के वक़्त वह गहरी नींद सो रहा था कि नक़ाबपोश एक आदमी ने उसकी हत्या करने की कोशिश की। उसका पहला वार चूक जाने से तकिया और चारपाई की पाटी ही उससे चिर गई थी। इतने में जगकर नम्बरदार ने आँखें खोलीं। काला-नक़ाब पहना हुआ एक आदमी चारपाई की बग़ल में खड़ा था। दूसरा वार करने के लिए उसने कटारी ऊपर उठाई! नम्बरदार ने कसकर कटारी पकड़ ली और बाएँ हाथ से हमलावर के चेहरे से नक़ाब खींचकर अलग करने का प्रयत्न किया। कटारी का फल तेज़ होने से नम्बरदार की हथेली कट गई और ख़ून बहने लगा। फिर भी उसने कटारी पर कसी अपनी मुट्ठी ढीली नहीं की। हत्यारे के साथ संघर्ष करते हुए उसने बाएँ हाथ से हत्यारे के चेहरे से नक़ाब खींचकर अलग कर दिया। परन्तु दोनों आँखें ख़ून की परतों से ढके होने से उसे कुछ दिखाई नहीं दिया। मौक़ा पाकर हत्यारे ने कटारी वहीं छोड़ दी और दीवार फाँदकर अँधेरे में ग़ायब हो गया।

हत्यारे की कटारी को पूरी ताक़त से कसकर पकड़ने से नम्बरदार के दाएँ हाथ की तर्जनी और मध्यमा दोनों कट गईं। इन घावों को भरने में कई महीने लग गए। उँगलियाँ कट जाने से उसका हाथ विकलांग हो गया।

नक़ाब पहनकर आया हुआ आदमी कौन था, इसका पता लगाने के

लिए नम्बरदार द्वारा की गई सारी कोशिशें बेकार साबित हुईं। आज भी वह एक रहस्य ही बना हुआ है। लेकिन कुछ दिन बाद उसने इतना समझ लिया कि उस घटना से आठ दिन पहले उसके कुत्ते को जो ज़हर खिलाया गया था, वह उसकी हत्या के प्रयत्न की पूर्व सूचना अवश्य थी। कुत्ते की मौत के मामले में वह उदासीन बना रहा, इसको लेकर वह बार-बार अपने आपको कोसता रहा।

दस बरस बाद आज उसकी गायों पर विष प्रयोग हुआ है। यह किस बात की पूर्व सूचना है?

नम्बरदार आरामकुर्सी से उठा। वह कमरे में देर तक चहलक़दमी करता रहा। फिर खिड़की के पास खड़े होकर उसने बाहर की तरफ़ देखा। तीसरी मंज़िल पर से देखने पर लगा जैसे चाँदनी में सारा गाँव सोया पड़ा है। निर्मेघ आकाश में चन्द्रमा प्रकाश बिखेर रहा था। उसे लगने लगा, जैसे चाँद चाँदनी का नहीं, रक्त का उत्पादन करके पृथ्वी पर छिड़क रहा है। उसने अपने अपंग हाथ की ओर एक बार देखा। उसे लगा, कटी हुई उँगलियों से ख़ून टप-टप गिर रहा है।

गायों को जिसने भी ज़हर खिला दिया हो, उसका पता लगने तक मैं विश्राम नहीं करूँगा। तब तक मेरे मन को शान्ति नहीं मिलेगी, उसने सोचा।

29

अगले दिन ही नम्बरदार ने कचहरी के सारे काम पटवारी को सौंप दिए। पारिवारिक मामले और खेती की ज़िम्मेदारियाँ बेटे को सौंप दीं।

गायों के मरे हुए बछड़े देनेवाली बात हुई कैसे? इसे किस घटना की पूर्व सूचना के रूप में माना जाना चाहिए? इन प्रश्नों का जब तक सही-सही उत्तर नहीं मिलेगा, तब तक किसी दूसरी बात पर मन को

केन्द्रित न करने का उसने निश्चय किया।

नम्बरदार ने अपने गाँव तथा आस-पड़ोस के गाँवों में रहनेवाले सम्बन्धियों और हितैषियों को बुलवा भेजा। उनसे मंत्रणा की और उनकी राय चाही।

संदिग्ध व्यक्तियों को पकड़कर उनकी धुनाई की जाए, तो सच्चाई बाहर निकल आएगी, यह सलाह कुछ लोगों ने दी, तो कुछ दूसरे लोगों ने पुलिस में शिकायत दर्ज कराने की बात सुझाई।

बाटा गंगम्मा की विशेष पूजा कराएँ, तो वह देवी पुजारी पर आकर सच-सच बताएगी, यह कुछ दूसरे लोगों का अभिमत था।

कुछ और लोगों ने कहा कि पास की एक पहाड़ी गुफा में एक सिद्ध पुरुष रहता है और जब नाख़ून पर काजल लगाकर देखता है तो फिर दुनिया में कहाँ क्या हो रहा है, सब बता देता है।

कल्लूरु में भविष्य बताने वाली एक बंजारिन रहती है और वह अपने मंत्रदंड के सहारे हर शंका का समाधान कर सकती है, इस बात की कुछ लोगों ने याद दिलाई।

कुछ और लोगों ने सुझाया कि मद्रास में पार्थसारथी के मन्दिर में रहनेवाला एक पुजारी सभी शास्त्रों में निष्णात है और उसके शास्त्रों से परे कोई भी चीज़ नहीं है।

नम्बरदार ने सबकी सलाह और अभिमत सुने। दस साल पहले कटी उसके हाथ की उँगलियों से टप-टप गिरता ख़ून उसकी आँखों के सामने तैर रहा था, तो उसने मिले हुए सभी सुझावों को कार्यरूप देना शुरू कर दिया।

गाँव के कुछ संदिग्ध व्यक्ति हवेली में खींच लाए गए। फिर इमली के दर्जनों बेंत उनके शरीर पर टुकड़े-टुकड़े हो गए। पुलिस थानों में एक-के-पीछे एक अनेक शिकायतें पहुँचीं।

बाटा गंगम्मा की विशेष पूजा बड़ी धूमधाम से हुई। घोड़ागाड़ी पहाड़ी गुफा की ओर, कल्लूरु के जंगल और मद्रास शहर की ओर निरन्तर दौड़ती रही।

इमली के बेंत की चोटें खाए हुए लोगों द्वारा, पुजारी पर आई देवी गंगम्मा द्वारा दिए गए संकेतों द्वारा, पहाड़ी गुफा के सिद्ध पुरुष के प्रवचनों द्वारा, विशेष सिद्धि प्राप्त बंजारिन की भविष्यवाणी द्वारा, पार्थसारथी के मन्दिर के पुजारी के शास्त्र-ज्ञान द्वारा उद्घाटित रहस्यों और पुलिस से प्राप्त सूचनाओं द्वारा नम्बरदार के प्रश्नों के उत्तर मिल गए। परन्तु वे उत्तर सपने में झलक पड़ने वाले दृश्यों की तरह अस्पष्ट और असम्बद्ध थे।

शिशिर और वसन्त के बाद ग्रीष्म ऋतु का पदार्पण हुआ। घोड़ागाड़ी के पहियों में लगे रबड़ टायर पूरी तरह घिस गए। घोड़े के खुरों में चार-चार बार नए सिरे से नाल ठुकवाए गए। इन छह महीनों में नम्बरदार कभी-कभार ही घर पर मिलता रहा है। उसका अधिकतर समय यात्राओं में ही बीतता रहा है। उसके चेहरे पर बुढ़ापे के लक्षण स्पष्ट दिखाई देने लगे हैं। चेहरे की सलवटें दुगुनी हो गई हैं। कमर और घुटने उम्र के हिसाब से कुछ अधिक ही झुक गए हैं। परन्तु उसके हृदय में प्रश्न निरन्तर प्रज्वलित हैं।

जेठ का महीना आते-आते नम्बरदार के प्रश्नों के उत्तर के रूप में, उसकी निरन्तर खोज के परिणाम के रूप में एक सिद्धान्त ने रूप धारण किया। मोटे तौर पर उस सिद्धान्त का स्वरूप इस प्रकार था :

''मूसलाधार वर्षा ऐसे हो रही है, जैसे घोर रूप धरे आकाश के सारे बादल एक ही साथ पिघलने जा रहे हों। तेज़ हवा लगातार ऐसे बह रही है जैसे वह पर्वतों को उखाड़ देने के लिए कृतसंकल्प हो। पृथ्वी और आकाश में सर्वत्र बिजली की गड़गड़ाहट गूँज रही है। आकाश को खंड-खंड चीरती हुई बिजली चमक रही है।

पंचभूतों ने जिस बीभत्स दृश्य की सृष्टि की थी, उसकी परवाह न करते हुए एक हल आगे बढ़ रहा है। हल के पीछे-पीछे साठ वर्ष का एक मनुष्य चलता जा रहा है। वह बाएँ हाथ में हल की मूठ और दाएँ हाथ में पैना पकड़े हुए है। कमर की काछनी को छोड़कर उसका पूरा शरीर अनाच्छादित है।

बैल दोनों मुँह के किनारों से झाग उगल रहे हैं। वह मनुष्य कीचड़

में धँसते पैरों को बहुत प्रयत्न से ऊपर खींचता हुआ हल के पीछे-पीछे चलता जा रहा है। थकान से उसकी कमर और घुटने झुकते जा रहे हैं। शरीर का सारा भार वह हल के ऊपर डाल रहा है। पैने को थामा हुआ उसका हाथ आधा ही उठने के बाद काँपकर गिर रहा है। विवशता ने उसे आ घेरा है। ऐसे में उसने अपनी समस्त शक्तियाँ बटोरीं और पगहियाँ खींचकर हल को रोक दिया। बुरी तरह हाँफता हुआ वह हल के पीछे कीचड़ में घुटनों पर बैठ गया।

प्रकृति का उग्र रूप उग्रतर होता जा रहा है। उसकी समझ में आ गया कि उसकी अन्तिम घड़ी आने को है। झुकती पलकें ऊपर उठाकर बिजली के प्रकाश में उसने अपनी ज़मीन पर एक सिरे से दूसरे सिरे तक नज़र डाली। उसकी आँखों में आँसुओं के भँवर उठने लगे। आँसू बारिश के पानी में मिलकर गालों पर फिसलने लगे।

तभी पंचभूत उसके निकट आ पहुँचे। उसे अंक में भरकर बोले, "अब कुछ क्षणों में हमारे भीतर लीन होने जा रहे हे मानव! चिन्ता मत करो। तुमने अपने पिता को वचन दिया था कि पलक आँख की और नाख़ून उँगली की जिस तरह रक्षा करते हैं, उसी तरह तुम इस ज़मीन की रक्षा करोगे। उसके हम साक्षी हैं। साठ बरस तक इस ज़मीन का एक-एक कण तुम्हारे पसीने से भीगता रहा है। तुम्हारा रक्त, मांस और हड्डियाँ इसी भूमि में नष्ट हो गई हैं। तुम्हारी बाल्य, यौवन आदि सभी अवस्थाएँ इसी भूमि में विलीन हो गई हैं। इसके भी हम साक्षी हैं। इतने बरस जो तुमने इतना कठोर श्रम किया उसके बदले जो तुम्हें मिला, वह लाज ढकने के लिए एक चिथड़ा, पेट भरने के लिए कुछ दाने, बस! ये चीज़ें भी तुम्हें काकतालीय न्याय से ही मिली थीं; न कि उन्हें पाने के लिए ही तुमने परिश्रम किया था। अपने कृषक जन्म को सार्थक कर लेने के लिए, अपने वृत्ति-धर्म का निर्वाह करने के लिए ही तुमने ऐसा श्रम किया था। ऐसा श्रम करके तुम कर्मवीर बन गए हो। हे कर्मवीर! इतने बरस तक तुम्हारा हल जिस भूमि में चलता रहा है, उस भूमि में आज से किसी दूसरे का हल नहीं चल सकेगा। इतने बरस जिस भूमि में तुमने खेती की है,

उस भूमि में कोई दूसरा खेती नहीं कर सकेगा। इसके लिए ज़रूरी बन्दोबस्त हम करने जा रहे हैं। आज से जो भी लोग इस भूमि में उगी फ़सल खाएँगे, उनकी घोर हानि होगी और उनका वंश नहीं बढ़ेगा। आज से इस भूमि पर उगी घास जो भी पशु खाएँगे उनके थन सूख जाएँगे, उनके गर्भस्राव होंगे, वे बाँझ हो जाएँगे। हे कर्मवीर! हमने यह जो पाबन्दी लगाई है, वह तब तक अमल में रहेगी जब तक सूरज और चन्द्रमा आकाश में घूमते रहेंगे। यह भूमि सदा तुम्हारी ही रहेगी। हे कर्मवीर! हम पंचभूत तुम्हें निमंत्रण दे रहे हैं। तुमको हम अपने में विलीन कर लेंगे।

तभी घुटनों के बल बैठा वह मनुष्य एक तरफ़ को झुककर हल के कूँड़ में लुढ़क गया। कीचड़ भरे पानी ने उसके आधे शरीर को ढाँप दिया।''

नम्बरदार, उसके सम्बन्धी, हितैषी, और ग्रामवासी, सबको पिछले छह महीनों से जो प्रश्न व्यथित कर रहे थे, उनका उत्तर मिल गया। यह सिद्धान्त कहाँ से उत्पन्न हुआ? किसने इसका प्रचार किया? किसने इसको बढ़ाया? किस रूप में इसका प्रारम्भ हुआ? कितनी बार यह रूपान्तरित हुआ? कोई नहीं जानता।

चेतनारहित अंडा जिस प्रकार सचेतन हो उठता है, सचेतन अंडे से विकृत आकार वाला कीड़ा जिस प्रकार फूट निकलता है, जिस तरह वह कीड़ा सुन्दर तितली में बदल जाता है, उसी प्रकार यह सिद्धान्त विकसित हुआ।

वर्षा का पानी धाराओं का, धाराएँ नालों का, नाले झरनों का और झरने नदियों का जिस तरह रूप धारण करते हैं, उसी तरह यह सिद्धान्त रूपायित हुआ।

किसने और कहाँ इस सिद्धान्त को जन्म दिया था, कहाँ, किस प्रकार यह विकसित हुआ था, इसका पता किसी को न होने पर भी यह सिद्धान्त सबके मन में गहराई से अंकित हो गया।

नम्बरदार ने अपनी खोज बन्द कर दी। एक दिन सवेरे वह अपने सभी नौकरों को रास्ते वाले चकों के पास ले गया। सारे नौकर फावड़े,

कुदाल और खंतियाँ कन्धे पर लेकर आ गए। रास्ते वाले चकों के चारों ओर एक गहरा गड्ढा खोद दिया गया। दो आदमियों की लम्बाई वाले सैकड़ों पत्थर चकों को घेरकर गाड़ दिए गए। मनुष्य या पैरों से चलनेवाला कोई भी प्राणी अन्दर घुस न सके, इसकी व्यवस्था करने के लिए पत्थर आपस में ख़ूब सटाकर गाड़ दिए गए। नम्बरदार ने स्वयं अपने पर्यवेक्षण में यह अनुष्ठान पूरा करवाया। जब यह काम पूरा हो गया तब उस चौदह एकड़ ज़मीन ने बिना छत की एक विशाल समाधि का रूप ग्रहण कर लिया।

नम्बरदार ने अपना कर्तव्य पूरा करके सन्तोष की साँस ली। फिर बछड़ों की बात भुलाकर यथापूर्व वह कचहरी और खेती के अपने कामों में लीन हो गया। तीन दशक बीत गए। रास पूर्णिमा तीस बार आई और चली गई।

चौदह एकड़ में फैले रास्ते वाले चकों ने एक छोटे-से जंगल का रूप धारण कर लिया। उस जंगल का नाम 'बक्कि रेड्डी का जंगल' प्रचार में आ गया। चारों तरफ़ दो आदमियों की ऊँचाई वाले पत्थर गड़े हुए होने से पिछले तीस सालों में उस वीराने में आदमियों के पैर या पशुओं के खुर नहीं पड़े थे। जंगल के पेड़ों ने पिछले तीस सालों में कुल्हाड़ी या आरी का वार जाना ही नहीं था। अनेक प्रकार के पेड़ और लताएँ निर्बाध बढ़कर प्रबल हो गई थीं। क़िस्म-क़िस्म के पेड़ एक-दूसरे से होड़ लगाकर बढ़ते हुए आकाश को छूने का प्रयत्न कर रहे थे। उन पेड़ों की डालें इतनी घनी होकर बढ़ गईं कि सूरज की धूप या चन्द्रमा की चाँदनी ज़मीन पर दो फ़ुट से अधिक फैलाव में पड़ नहीं सकती थी।

जहाँ तक आँख जाती थी वहाँ तक फैले धान, गन्ना और मूँगफली के खेतों के बीच 'बक्कि रेड्डी का जंगल' बौनों के बीच भीमकाय की तरह खड़ा था। आज भी वह उसी तरह खड़ा है।

उपसंहार

1

ग्रामवासी विश्वास करते हैं कि कई हज़ार वर्ष पूर्व राम और रावण के बीच युद्ध हुआ था। युद्ध में लक्ष्मण मूर्च्छित हो गए थे। हनुमान संजीवन पर्वत उठा लाए थे। थकान मिटाने के लिए इस गाँव के दक्षिण में दिखाई पड़नेवाले गोल पत्थर पर क्षणभर के लिए उन्होंने पैर टिका लिया था और उनके पैर के स्पर्श से वह गोल पत्थर पवित्र हो गया था। यह स्थलपुराण ग्रामवासियों को किसी ने नहीं सुनाया है। यह उन लोगों की घुट्टी में पड़ता है। इसकी सम्भावना और असम्भावना को लेकर सवाल उठाने वाले लोग भी हैं और इस गाथा को प्रश्नों और शंकाओं से परे एक दिव्य घटना मानकर पूरी श्रद्धा और भक्ति से उस पर विश्वास करने वाले लोग भी हैं। कोई चाहे विश्वास करे या न करे, सांस्कृतिक और प्राकृतिक दृष्टि से 'हनुमान पत्थर' हमारे गाँव में एक शाश्वत उपस्थिति है। पुजारी हर रोज़ उस गोल पत्थर की पूजा करता है। ग्रामवासी मिलकर साल में एक बार बजरंग बली का अभिषेक कराते हैं।

2

गाँव के लोग यह विश्वास करते हैं कि कई शताब्दियों पूर्व इस प्रान्त के एक नायक ने इस गाँव के उत्तर में एक तालाब खुदवाया

था। तालाब के कगार में हर साल रहस्यमय ढंग से दरार पड़ जाती थी, देवी बाटा गंगम्मा ने सुझाया था कि किसी कुँआरी लड़की को जीते जी उस दरार में भर दो तो कगार टिक जाएगा। जागीरदार की सबसे छोटी बेटी चिन्नम्मा ने स्वेच्छा से दरार में बैठकर सजीव समाधि ली थी और उस दिन के बाद तालाब के कगार में एक बार भी दरार नहीं पड़ी। ग्रामवासियों ने यह स्थलपुराण अपने दादा-परदादाओं से पाया है। इस गाथा की सम्भावना और असम्भावना को लेकर सवाल उठाने वाले लोग भी हैं और इस गाथा को प्रश्नों और शंकाओं से परे एक दिव्य घटना मानकर पूरी श्रद्धा और भक्ति से उस पर विश्वास करने वाले लोग भी हैं। कोई विश्वास करे या न करे, सांस्कृतिक और प्राकृतिक दृष्टि से 'चिन्नम्मा का देवरा' हमारे गाँव में एक शाश्वत स्थान प्राप्त कर लिया है। हर शुक्रवार को चिन्नम्मा की पूजा होती है। साल में एक बार चिन्नम्मा का पर्वोत्सव मनाया जाता है।

ग्रामवासी विश्वास करते हैं कि कई दशक पूर्व हमारे गाँव में बक्कि रेड्डी नाम का साठ साल का एक किसान अपनी चौदह एकड़ ज़मीन में खेती करके जीवनयापन करता था। उसकी ज़मीन क़ुर्क़ी में निकल गई थी। उसी ज़मीन को जोतते-जोतते उसकी मृत्यु हो गई थी। साठ साल के श्रम के बाद भी लाज बचाने के लिए एक चिथड़ा और पेट भरने के लिए चार दाने तक ठीक से जिस ज़मीन ने नहीं दिए थे, उस ज़मीन के प्रति और अपने पेशे के प्रति उसने जो ममत्व बढ़ा लिया था, उसे देखकर पंचभूतों ने एक कर्मवीर के रूप में उसे मान्यता दी थी। वह ज़मीन किसी दूसरे आदमी के हाथ में न जाए, ऐसा शाप दिया था। वही ज़मीन क्रमश: एक छोटे-से जंगल में बदलकर अब 'बक्कि रेड्डी का जंगल' के नाम से जानी जाती है। ख़ुद अपनी आँखों से देखकर कुछ ग्रामवासियों ने इस घटना को याद रखा है, तो कुछ दूसरे लोग अपने माता-पिता के मुँह से सुनकर इसे जान गए हैं। इसकी सम्भावना और असम्भावना को लेकर सवाल उठाने वाले लोग भी हैं, और इस गाथा को प्रश्नों और शंकाओं से परे एक दिव्य घटना मानकर पूरी श्रद्धा और भक्ति से उस पर विश्वास

करने वाले लोग भी हैं। कोई चाहे विश्वास करे या न करे, सांस्कृतिक और प्राकृतिक दृष्टि से 'बक्कि रेड्डी का जंगल' हमारे गाँव में एक शाश्वत स्थान प्राप्त कर लिया है। पश्चिम दिशा से गाँव में प्रवेश करने वाला हर आदमी उस जंगल के निकट पहुँचते ही अनायास ही अपने सिर से पगड़ी हटा लेता है। अनायास ही उसका सिर झुक जाता है।

ooo